나는 나무를
만질 수 있을까

나는 나무를
만질 수 있을까

김숨 소설

문학동네

차례

나는 나무를
만질 수 있을까

나는 종종 책을 빌리러 오빠 방에 들었다. 책꽂이의 책들을 손으로 더듬거리다 묻곤 했다.

"오빠, 구토가 뭐야?"

"파도는 시야, 소설이야?"

그때마다 오빠는 얼른 찾아가지고 나가, 하고 시큰둥히 대꾸해왔다. 오빠에게서 빌린 책 여백에는 '젖가슴' '종달새' 같은 낱말이나 '처음 새를 판 사람은 누굴까?' 같은 글

귀가 흐릿하게 적혀 있곤 했다. 고등학교 이학년인 오빠는 학교에서 돌아오면 숨듯 자신의 방에 들었다. 학교에 가지 않는 날에는 밥도 거르고 방에 틀어박혀 지냈다. 그래서 엄마도 종종 나처럼 오빠 방에 들곤 했다. 우유나 식빵, 과일이 담긴 접시를 쟁반에 받쳐들고 뒤꿈치가 칠십도쯤 들린 왼발을 끌며.

오빠 방으로 향하는 내 걸음이 초조하고 들떠 있다면, 엄마의 걸음은 느리고 야릇했다. 엄마는 삼박자의 느린 속도로, 왼발을 오른발보다 일이 초 늦게 옮겨 내디디며 걸었다. 그래서인지 엄마는 부단한 움직임 속에 있을 때조차 초상화 속 여자처럼 정지에 든 듯 보였다. 왼발을 내디딜 때 엄지발가락은 땅에 끌렸고, 왼다리는 뿌리 뽑힌 나무처럼 기우뚱 기울었다.

서 있을 때 엄마는 왼발을 오른발 옆에 나란히 놓지 않고 반 뼘쯤 뒤에 떨어뜨려놓았는데, 그때 왼발 뒤꿈치는 한껏 들려 있었다. 그 모양은 마치 날아오를 듯 날아오를 듯 날아오르지 않는 새 같았다. 그래서 어릴 때 오빠는 겁에 질려 소리치곤 했다.

"엄마, 엄마 왼발이 날아가려고 해요!"

한번은 학교에 있어야 할 오빠가 대문을 밀치고 마당으로 뛰어들어왔다.

"엄마, 아이들과 운동장을 달리는데 엄마 왼발이 내 머리 위로 날아갔어요."

"나는 엄마 왼발을 쫓아 달렸어요."

"나는 넘어졌고, 일어났을 땐 엄마 왼발이 사라지고 없었어요. 아이들도 다 어디론가 가버리고 운동장에 나 혼자 있었어요. 나는 슬프고 겁이 나서 울음이 터졌어요."

자신의 걸음이 느려서일까. 오빠가 초등학교에 입학하고 처음 치른 달리기 경주에서 1등을 하자 엄마는 곤혹스러워했다.

“나는 빠른 게 무서워.”

“빠른 게 뭔데요?”

“빠른 건…… 나무를 버리고 가는 거란다.”

“나무를요?”

“빠른 건 그러니까…… 햇빛을 깨뜨리는 거야.”

오빠가 초등학교 삼학년 때였다. 학교에 있어야 할 오빠가 훌쩍훌쩍 울면서 집에 왔다.

“엄마, 발이 자꾸만 빨라져요. 그래서 발에게 말했어요.”

“멈춰! 멈춰!”

오빠의 발은 그러나 더 빨라진데다, 겨울방학을 나면서 부쩍 자라 엄마의 왼발보다 커졌다. 엄마의 왼발은 오른발보다 작았는데 자라지 않아서였다. 커지고 단단해진 발은 오빠를 이리저리 끌고 다녔다.

"엄마, 나는 나무뿌리를 밟고 서 있었어요."

"언제까지나 그러고 있으려 했는데 발이 날 철봉 밑으로 데려갔어요."

"아이들이 그곳에서 잠자리의 날개를 찢고 있었어요."

집에 있을 때 오빠는 엄마가 보지 못하게 자신의 발을 숨기고 숨겼다. 이불 속에, 책가방 속에, 도화지 밑에, 엄마가 벗어둔 치마 속에, 밥상 밑에. 그리고 화분 속에. 갈색이 도는, 속이 꽤 깊은 화분이었다. 마루에서 일기를 쓰던 오빠가 마당으로 내려갔다. 화분 쪽으로 걸어가더니 양말을 벗고 그 속에 두 발을 집어넣었다. 그 모습을 본 엄마가 오빠에게 말했다.

"어서 거기서 나와라."

"싫어요."

"화분이 널 삼키기라도 하면 어쩌려고 그러니?"

"발이 뿌리로 자라면 좋겠어요."

"발이 날 아무데로도 데려가지 못하게요."

날이 저물도록 오빠는 화분에서 나오지 않았다. 마침 저녁을 먹으려고 집에 들른 아빠에게 내가 말했다.

"오빠가 화분에서 나오려고 하지 않아요."

아빠가 화분 쪽으로 걸어갔다. 그 앞에 웅크리고 있던 엄마가 몸을 일으켰다. 아빠가 두 손을 뻗어 오빠의 양어깨를 잡았다. 얼굴이 새파랗게 질린 오빠를 앞뒤로 흔들다 한순간 번쩍 들어올렸다. 오빠의 두 발이 화분 위로 들렸다. 아빠는 오빠를 허공에서 한차례 털듯 흔든 뒤 시멘트 바닥에 내려놓았다.

뿌리로 자라기는커녕 오빠 발은 점점 더 커지고 빨라졌다. 오빠는 더는 자신의 발에 대고 멈추라고 소리치지 않았다. 대신에 자신의 발을 운동화와 함께 운동장에 버렸다. 봄 운동회 날이었다. 모래바람이 심하게 불었다. 육학년이던 오빠는 이백 미터 경주 반 대표로 나왔다. 맨 앞에서 달리던 오빠가 갑자기 서버렸다. 운동화를 벗더니 운동장을 떠났다. 모래바람 속에 버려진 운동화는 그 며칠 전 아빠가 사준 것이었다. 아빠는 신발가게 주인에게 아들이 달리기를 잘해서 운동회 때마다 반 대표로 뽑힌다고 자랑했다.

발을 버린 오빠는 엄마의 걸음 속도에 자신의 걸음 속도를 맞췄다. 그것은 퍽이나 어려운 일이었다. 어릴 때 나도 엄마의 걸음 속도에 맞춰 걸으려 애쓰곤 했다. 한 발짝 한 발짝 긴 바늘땀을 뜨듯 내딛는데도 어느 결에 엄마보다 대여섯 걸음 빨라져 있었다. 나는 멈춰 서서 엄마를 기다리거나 앞선 걸음만큼 되돌아가 처음부터 다시 속도를 맞췄다. 그건 무척 지루한 일이어서 나는 엄마를 재촉하곤 했다.

"엄마, 조금만 더 빨리요!"

내가 간절히 외치는데도 엄마의 걸음은 외려 느려졌다. 엄마는 집안일도 다른 여자들보다 느리게 해냈다. 두부를 썰 때조차 처음 칼질을 해보는 듯 더듬더듬 손을 놀렸다. 엄마의 거의 모든 행동에는 조심성에서 비롯되는 긴장감이 깃들어 있었다. 내가 초등학교에 들어가던 해, 엄마의 왼발은 하마터면 수술대 위에 놓일 뻔했다. 병원에서 뼈와 근육을 늘이면 왼발을 땅에 온전히 내디딜 수도 있을 거라고 했다. 아빠가 빚을 내서라도 시켜주려던 수술을 엄마는 마다했다. 언젠가 나는 엄마에게 물었다.

"엄마 왼발은 태어날 때부터 그랬어요?"

"일곱 살 먹던 해 차에 치여서 이렇게 되었다고 하더구나. 집 앞으로 난 도로를 건너다 달려오는 차에…… 나는 도로 너머 포도밭에 놀러가는 길이었다…… 죽을 뻔했다는데 전혀 기억이 없구나."

몇 달 사이 엄마의 걸음 속도는 부쩍 더 느려졌다. 어찌나 느린지 엄마는 부단히 걷고 있을 때조차 나무처럼 제자리에 서 있는 것처럼 보였다. 골목을 걸어가는 엄마의 뒷모습을 보고 있으면 엄마가 정말로 멈춰 서버리는 순간이 올까봐 겁이 났다. 게다가 뒤꿈치가 구십 도 가까이 들리면서 왼발은 걸을 때도, 서 있을 때도 땅에서 살짝 떠 있는 것 같은 착시를 일으켰다.

*

어느 일요일 오후였다. 거의 늘 꼭 닫혀 있던 방문이 열리고 오빠가 나왔다. 검은 목폴라를 입은 오빠의 목은 기형적일 만큼 길었다. 오빠는 곧장 수돗가 옆 지붕에 기대놓은 철제 사다리로 가더니 한 발 한 발 신중하게 내디디며 오르기 시작했다. 끝까지 오른 오빠는 지붕으로 발을 옮겨 디뎠다. 지붕을 덮은, 부식된 슬레이트들에서 잿빛 가루가 날렸다. 그러잖아도 그 며칠 전 아침 아빠는 장마가 오기 전에 지붕을 새로 갈아야겠다고 말했다. 오빠가 중학교에 들어가고 얼마 안 돼 우리는 이 집으로 이사를 왔다. 골목 깊숙이 자리한 방 세 칸짜리 집에는 두 평 남짓한 마당이 딸려 있었다. 아빠는 오빠와 내게 방을 한 칸씩 주었다. 엄마는 연두색 천으로 커튼을 만들어 오빠와 내 방 창에 달아주었다.

지붕은 높고 경사가 급했다. 낮게 깔린 구름들이 빠르게 흘러갔다. 그 아래 지붕도 덩달아 빠르게 흘러갔다. 지붕 끄트머리에 두 발을 딛고 서 있는 오빠가 위태로워 보였다.

"네 오빠 좀 불러보렴."

"하지만 엄마, 지붕이 너무 멀어요."

"오빠는 더 멀고요."

나는 뒤꿈치를 들고 지붕을 올려다보았다. 오빠가 망치 같은 걸로 지붕을 내리치는 모습이 보였다.

"엄마, 오빠가 지붕을 부수고 있어요!"

집이 크게 한 번 흔들렸다. 깨진 슬레이트 조각이 마당으로 떨어졌다. 전깃줄에 앉아 졸던 새들이 놀라 푸드덕 날아올랐다.

내가 오빠 방 천장에서 구멍을 발견한 건 그로부터 며칠이 지나서였다. 빌린 책을 가져다놓으려 낮에 오빠 방에 들었다 천장에서 쏟아지는 빛을 보았다.

"아빠, 오빠 방 천장에 구멍이 생겼어요."

영업용 택시를 모는 아빠는 오후 느지막이 집에 들러 늦은 점심을 먹고 있었다. 아빠는 동탯국에 만 밥을 떠먹다 말고 오빠 방으로 갔다. 구멍 아래 서서 그것을 올려다 보더니 약간 겁에 질린 목소리로 내게 물었다.

"저게 뭐라니?"

"뭐긴요, 구멍이잖아요."

아빠에게 그것이 구멍이라고 말하는 순간 나는 그것이 구멍이 아닐지도 모른다는 의심이 들었다. 그래서 나는 밤마다 그것을 향한 호기심을 참지 못하고 오빠 방으로 갔다. 오빠는 그때마다 먹지 같은 어둠을 덮고 구멍 밑에 누워 있었다.

*

그날 밤도 오빠는 구멍 밑에 누워 있었다. 머리맡에는 책과 공책이 펼쳐져 있었다. 푸르스름한 빛에 휩싸인 구멍은 아무것도 담길 수 없는 거울 같기도 했다. 그 아래 오빠 얼굴이 창백하게 빛났다. 나는 슬며시 오빠 옆으로

가 누웠다. 오빠와 내 어깨가 살짝 맞닿았다. 나는 눈을 한 번 꾹 감았다 뜬 뒤 구멍을 올려다보았다.

"오빠, 엄마가 더 느려진 것 같아."

"엄마가 횡단보도를 한참 건너고 있는데 신호등이 바뀌었어. 트럭이 경적을 길게 울리며 엄마 옆으로 지나갔어. 그때 마침 내 발 가까이 비둘기가 날아들었어. 나는 비둘기가 엄마의 찢긴 왼발인 줄 알았어."

"아름답지 않니?"

"뭐가?"

"구멍 말이야."

"어둡고 탁하기만 한걸. 과학실 커튼처럼…… 저곳에는 박제 새들이나 날아다닐 것 같아."

"나는 너무 아름다워서 숨이 막힐 것 같아."

"저게 아름다운 거면 나는 아름다운 걸 싫어할 것 같아."

"저곳으로 떨어지고 싶어."

"그렇지만 구멍은 위에 있는걸."

그때 구멍 속에서 몹시 희미하게 반짝이는 게 내 눈에 들어왔다.

"나는 겁이 나…… 오빠가 저곳으로 떨어질까봐."

"나는 이미 떨어지고 있었어."

"언제부터?"

"내가 태어나기 전부터……"

"오빠가 태어나기 전? 그게 언젠데?"

오빠가 끝없는 추락 속에 갇힐까봐, 나는 오빠 손을 꽉 움켜잡았다.

"오빠?"

"오빠?"

"오빠, 어디 있어?"

*

중간고사가 있던 날, 평소보다 일찍 집에 왔는데 엄마가 보이지 않았다. 오빠 방문이 반쯤 열려 있었다. 그 사이로 가만가만 비질을 하는 엄마가 눈에 들어왔다.

"엄마, 뭐하세요?"

“구멍 속을 쓸고 있다.”

“구멍 속을요?”

“구멍 속에 먼지가 잔뜩 꼈구나.”

엄마는 한자리만 계속 쓸고 있었다. 구멍 아래, 오빠가 밤마다 그것을 들여다보려 몸을 누이는 자리를.

*

나는 여전히 밤마다 호기심을 억누르지 못하고 오빠 방으로 갔지만, 딱딱하고 차가운 방바닥에 꼼짝 않고 누워 구멍을 바라보는 것은 퍽 지루하고 고달팠다. 팔다리가 저리고 목과 등이 벽돌처럼 굳었다. 구멍을 바라보는 눈동자의 감각만 남고 다른 감각들은 퇴화했다.

“오빠, 구멍이 열리고 있어.”

"눈꺼풀도 달리지 않았는데."

"닫힌 적도 없는데."

오빠가 구멍을 향해 벙긋 입을 벌리는 게 느껴졌다. 천천히 숨을 들이마시는 게. 오빠의 가슴이 부풀어오르며 방이 덩달아 부풀어올랐다. 책꽂이의 책들도, 그것에 박힌 글자들도.

"오빠, '생'이 부풀고 있어."

"'생'이 터질 것 같아."

*

그 어느 밤, 나는 오빠에게 물었다.

"오빠, 구멍 속에 발을 담그고 있으면 발이 뿌리로 자랄까?"

"저곳에는 흙도, 물도 없는데?"

"그냥 텅 빈 곳인데?"

*

국어 선생님이 아이들에게 시를 한 편씩 써서 내라고 했다. 반마다 가장 잘 쓴 시를 뽑아 시화전을 열 거라며. 나는 오빠에게 시를 써야 하는데 어떻게 써야 하는지 모르겠다고 말했다. 오빠가 시라는 것을 읽고 쓴다는 걸 나는 알고 있었다.

"뭐에 대해 쓰고 싶은데?"

"나무……"

"나무에 대해 쓰려면 나무를 생각하지 않아야 해."

"나무를 생각하지 않고 나무에 대해 어떻게 써?"

"나무를 몰라야 해."

"나무를 모르는데 나무에 대해 어떻게 써?"

"나무를 모른다는 것도 몰라야 해."

*

'나무'

나는 공책에 쓴 글자를 들여다보다 나무를 보러 갔다.

*

나는 나무로 걸어갔다. 나무를 만지기 시작했다. 줄기를 싸고 있는 껍질이 부서지면서 그 부스러기가 내 손에 묻어났다. 나는 계속 나무를 만졌다. 줄기에 박힌 옹이를, 가지를, 잎사귀를……

"오빠, '나무'를 만질 수 있을까?"

"나무 말고 '나무' 말이야."

"나무를 만지는데 '나무'를 만지고 싶었어."

"그래서 나무를 만졌어."

"나무를 만지고 만졌지만 '나무'가 만져지지 않았어."

"그래서 잎사귀를 찢었어."

*

국어 선생님은 시화전에 낼 시로 내 시를 뽑았다. 그러나 다음날 마음이 바뀌어서는 나를 복도로 불러내 타이르

듯 말했다.

“아무래도 네 시는 너무 어두워서 안 되겠다. 열다섯 살짜리 여자애가 쓴 시가 그렇게 어두워서 쓰겠니? 나도 대학 시절 시를 썼단다. 날 찾고 싶어서 쓰기 시작했는데 오히려 더 잃어버리는 것 같은 기분이 들더구나.”

“나는 나무를 생각하지 않으려고 했어요.”

“그런데 나무가 계속 생각났어요.”

“나는 ‘나무’를 생각했는지도 몰라요.”

*

그것은 단단한 것에 금이 가는 소리였다. 아빠도 그 소리를 들었는지 콩나물국을 떠먹다 말고 천장을 올려다보았다. 그 비슷한 소리는 전에도 간혹 들려왔다. 마른 모래 같은 게 흘러내리는 소리가 들려오기도 했다. 그날 오후,

아빠가 대문을 거칠게 열고 다급히 마당으로 들어섰다. 아빠는 곧장 오빠 방으로 갔다. 구멍 밑으로 걸어가더니 고개를 한껏 쳐들고 그것을 노려보았다.

"혹시나 싶었는데…… 커졌구나."

아빠가 떠나고 나는 구멍 밑으로 걸어가 그것을 올려다보았다. 구멍 둘레는 쏟아지는 빛에 뭉개져 있었다.

*

아빠는 낮에 불쑥 집에 들러 구멍을 살피곤 했다. 그때마다 겁에 질려서는 똑같은 말을 중얼거렸다.

"구멍이 더 커졌어!"

아빠가 그러는 동안 택시는 비상등을 깜박이며 골목 밖에 서 있었다. 심지어 손님이 타고 있기도 했다. 아빠가 가고 나면 엄마는 빗자루를 들고 오빠 방으로 갔다. 구멍 속을 쓸고 쓸었다. 그러다 어느 날 오후 아빠가 마침내 말했다.

"구멍이 네 오빠를 삼킬 만큼 커졌구나."

*

국어 선생님은 시를 되돌려주지 않았다. 쉬는 시간에 나는 교무실로 갔다. 햇살이 드는 창가에 정물처럼 앉아 책을 읽고 있는 그녀에게 말했다.

"시를 찾으러 왔어요."

"시? 무슨 시 말이니?"

"나무에 대한 시요."

"나무?"

"나는 나무에 대한 시를 썼어요. 선생님은 내가 쓴 시가 너무 어둡다고 했고요."

"기억이 나는구나, 네 시가 나무에 대한 시였니?"

"어쩌면 '나무'에 대한 시였는지도 몰라요."

"그래, 나무."

"나무가 아니라 '나무'요."

"그런데 내 기억으로는 나무에 대한 시가 아니었다."

"나무요, '나무'요?"

그녀는 내가 종이에 써서 낸 시를 어디에 두었는지 찾지 못했다. 수업 시작을 알리는 종이 울려서 나는 교실로 돌아갔다. 수업이 끝나고 다시 찾아갔지만 그녀는 자리에 없었다. 창틀 위에 그녀가 읽던 책이 놓여 있었다. 『갈매기』가.

나는 『갈매기』를 집어들었다. 창문을 열고 그걸 날려보냈다.

*

학교에서 시화전이 열리던 날, 나는 집에 가자마자 오빠 방에 들었다. 구멍 밑으로 가 누웠다. 멀기만 하던 구멍이 아주 가깝게 느껴졌다. 나는 구멍으로 손을 뻗었다. 질감도, 부피감도 없는 무엇인가가 만져지는 것 같기도 했다. 구멍 속에 어둠이 고여들었다. 오빠가 소리 없이 내 옆으로 와서 누웠다.

"오빠, 내가 쓴 시가 나무에 대한 시가 아니었대."

"그럼 뭐에 대한 시였을까?"

"내가 쓴 시가 기억이 안 나."

"낱말 하나도."

"나는 아직 시란 걸 쓰지 못한 게 아닐까?"

"내가 쓰지도 못한 시를 국어 선생님은 어떻게 읽었을까?"

오빠는 아무 말이 없었다. 구멍은 그새 구멍 저 밖까지 멀어져 있었다.

"오빠, 아까부터 멀미가 나……"

"어지러워."

"구멍이 커지고 있는 것 같아."

새가 허공에서 다리를 늘이듯 조금씩, 조금씩 구멍이 늘어나고 있었다.

*

바람이 잠잠한 날, 아빠가 공구 가방과 네모난 철판을 챙겨들고 철제 사다리를 올랐다. 아빠가 지붕으로 발을 내딛는 걸 지켜보던 나는 부엌에 대고 소리질렀다.

"엄마, 아빠가 구멍을 막으려나봐요!"

저녁 반찬을 만들던 엄마가 놀라 마당으로 나왔다. 나는 오빠 방으로 갔다. 구멍이 아빠 얼굴로 꽉 차 있었다.

"귀를 막아라, 시끄러울 거다."

아빠 얼굴이 거두어지면서 구멍으로 눈부시게 쏟아지던 빛이 한순간 거두어졌다. 탕, 하는 소리와 함께 오빠 방 천장과 벽들이 흔들렸다. 책꽂이의 책들이 자지러졌다. 『파도』가 치고 『안개』가 퍼졌다. 잠들었던 『사슴』이 놀라 깨어났다.

*

아빠가 구멍을 막은 날 밤에도 나는 오빠 방으로 갔다. 방안 어둠이 어느 때보다 짙어서 나는 방문을 등지고 잠시 우두커니 서 있었다. 오빠는 늘 그렇듯 구멍 밑에 고요히 누워 있었다. 나는 오빠 옆으로 가서 누웠다.

"오빠, '나무'를 너무 만지고 싶어."

"나는 '나무'를 만질 수 있을까?"

"오빠, 그런데 뭘 보고 있어?"

"오빠……"

"오빠?"

*

방안에 연둣빛이 감돌았다. 나는 몸을 일으켰다. 방안을 둘러보던 나는 마당으로 나갔다. 수돗가에서 세수를 하고 있는 아빠에게 말했다.

"오빠가 없어요."

그날 학교에 갔다 왔더니 엄마가 막힌 구멍 밑에 웅크리고 앉아 있었다. 나는 엄마 옆으로 가 앉았다. 엄마가 철판을 향해 고개를 들었다.

"네 오빠 좀 불러보렴."

*

오빠가 홀연히 사라진 지 닷새가 지나자 엄마는 집안일도 미루고 오빠를 찾으러 다녔다. 반찬들이 상하고 빨래가 밀렸다. 나는 갈아 신을 양말이 없어 며칠 전 벗어둔 양말을 챙겨 신고 학교에 갔다. 아빠가 택시를 몰다 늦은 저녁을 챙겨 먹으려 들렀을 때 엄마는 번번이 집에 없었다. 아빠는 오빠가 다니는 고등학교에 찾아가 담임을 만났다. 오빠는 학교도 결석하고 있었다.

"글쎄, 네 오빠가 시를 쓴다는구나."

"그래서 날 못 알아본 거였다."

"아빠를요?"

"날 전혀 못 알아보더구나."

*

오빠가 집을 나간 게 자신 탓이라고 생각한 걸까. 엄마는 스스로 자신의 걸음 속도를 위반하기 시작했다. 제 속도를 잃은 엄마의 걸음걸이는 특유의 리듬을 잃고 우스꽝스럽게 일그러졌다. 왼발은 오른발을 악착같이 따라다녔다. 엄마는 속도를 견디지 못하고 넘어지곤 했다. 그때마다 엄마의 몸에는 멍자국이나 상처가 더해졌다. 걸음 속도를 위반하는 것만으로는 부족했는지 엄마는 다른 속도들도 하나씩 어겨나갔고, 설거지를 하다 유리컵을 깨거나 뜨거운 찌개냄비를 엎는 실수를 일으켰다.

"엄마가 오빠에게 말했어요."

"나는 빠른 게 무서워."

그날도 엄마는 오빠를 찾아다녔다. 야구장이 있는 낯선 동네를 헤매던 엄마는 횡단보도 앞에 서 있었다. 트럭 한 대가 횡단보도를 향해 달려오고 있었다. 엄마는 오른발을 내디뎠다. 왼발이 비상하는 새처럼 허공으로 들렸다. 엄마는 자신이 낼 수 있는 가장 빠른 속도로 걸어갔다.

*

나는 나무를 보러 갔다.

나는 나무를 만졌다.

'나무'를.

*

내가 '나무'를 만진 날, 오빠는 집에 돌아왔다. 오빠는 그사이 키가 조금 더 자라 있었다. 마루에 넋 놓고 앉아 있던 아빠가 오빠를 보고는 몸을 일으켰다. 대문 앞 응달에 가만히 서 있는 오빠에게 걸어갔다. 오빠를 물끄러미 바라보다 물었다.

"내가 누구냐?"

"모르겠습니다."

*

일을 쉬는 날 아빠는 아침을 먹자마자 공구 가방을 들고 철제 사다리를 올랐다. 지붕 모서리에 걸터앉아 점심 때가 지나도록 내려오지 않았다. 어느 순간 아빠 모습이 보이지 않았다. 나는 철제 사다리로 발을 내디뎠다. 지붕 위는 바람이 세차게 불었다. 아빠는 구멍을 막은 철판 앞에 앉아 있었다. 나도 그 앞으로 가 무릎을 구부리고 앉았다.

"녹덩어리가 되었어요."

"내가 못을 열두 개나 박아넣었구나."

아빠는 철판에 박아넣은 못들을 하나씩 뽑았다. 못이 펜치에 딸려올라올 때마다 지붕이 들썩였다.

"겁이 나는구나."

"뭐가요?"

"구멍이 사라지고 없을까봐 말이다."

아빠는 망설이다 철판을 거두었다.

"아빠, 저기 오빠가 있어요!"

"오빠가 물구나무를 서고 있어요. 구멍에 발을 담그려고요."

뿌리 이야기

뿌리마다 특유의 냄새가 있어. 당신 겨드랑이처럼 습한 땅에 내려 물기를 흠씬 머금은 뿌리는 냄새가 짙고 깊어. 강요하는 게 아니라 저절로 침묵에 잠기게 하는 냄새야……

외피가 웨이퍼처럼 쉽사리 바스러지는 뿌리의 냄새는 뭐랄까, 날벌레떼 같아…… 부산스럽고 삽시간에 흩어져버리지.

아카시아 뿌리에서는 찌르는 냄새가 나. 떫고 쉰 냄새 새새에 가시가 박혀 있어서 찌르고 찌르지.

입을 벌리고 냄새를 맡아봐…… 목젖이 진동하도록

입을 벌리고 뿌리들이 혀로 번져오는 것이 느껴질 때까지…… 혀를 장악하고 식도로 미끄러져내려가 갈라지고 번지고 엉키면서 폐, 심장, 간 같은 장기들을 감싸안는 것이……

커튼을 치고 스탠드를 꺼…… 한 점의 빛, 잉어 비늘 같은 빛조차 떠돌지 못하게.

가만, 저건 무슨 빛이지? 저 빛…… 싱크대 쪽에서 떠도는 빛 말이야. 멀티탭 플러그를 빼. 커튼 사이로 빛이 새어드는군, 회칼처럼 가늘고 길게 벼려진 빛이…… 커튼을 단단히 여며.

입을 벌려…… 더…… 더…… 혀뿌리가 들여다보일 만큼…… 인두를 부레처럼 부풀리고 냄새를 맡아…… 질게 간 먹물 같은 어둠은 냄새에 집중하게 하지.

날이 밝으면 청계산으로 뿌리를 찾으러 갈 거야. 그곳에 가면 굴삭기에 뿌리가 들린 나무들이 지천으로 널렸을 거라고 하더군. 도로를 놓으려고 산을 파헤치고 있나 봐. 그곳에 내가 찾는 뿌리가 있을지 모르지, 내가 그토록 그리는 표정을 짓고 있는 뿌리가……

나는 민달팽이처럼 기어서 뿌리에 다다른다. 뿌리 두 가닥이 열십자로 엇갈려 뻗어나가면서 생겨난 움푹한 곳에 얼굴을 파묻는다. 실뿌리들이 소소소 일어 내 이마와 볼을 간질인다. 곁뿌리들이 독기 서린 끝으로 내 목과 어깻죽지를 찔러오지만 얼굴을 더 깊이…… 변심한 애인이 깊이 잠들기를 기다려 외설스럽고도 성스러운 곳을 게걸스럽게 탐하듯.

늑골 새새가 들뜨고 벌어질 만큼 숨을 깊이 들이마신다, 그 숨에 딸려오는 냄새에 집중하려 애쓰며.

날콩의 비릿한 냄새, 냉이의 달고 쌉싸래한 냄새, 덜 익은 자두의 시큼한 냄새…… 가장 끝까지 남는 시큼한 냄새가 날카롭다.

땅속 모든 뿌리가 그의 발치로 뻗어나가는 상상을 한다. 한 올의 실뿌리도 예외 없이. 탈피하는 뱀들처럼 몸부림치면서.

저 뿌리를 봐……

뿌리 너머에서 그의 목소리가 들려오는 듯하다.

*

작년 하지 즈음, 장마전선이 제주 남동쪽 해상에서 소멸하고 대구와 밀양에 폭염주의보가 내린 날이었다. 물이 마른 자국처럼 흐릿하던 내 그림자로부터 슬쩍 비켜난 곳에 그가 서 있었다.

"저 뿌리를 봐…… 라르고largo의 생명력으로 땅속을 장악해갔을 뿌리를…… 관조된 시간이 느껴지지 않아? 뿌리가 땅속에서 일 보步 일 보 미분된 시간을 기록하듯 전진하는 동안, 땅 위 지상으로 뻗은 가지들에는 잎과 꽃이 피었다 지고 열매가 맺혔겠지. 우주를 떠돌던 운석이 떨어지듯 새들이 날아들었을 거야."

"뿌리?"

"거기, 뿌리……"

"호두나무는 백 년을 살아도 삼 미터 이상 뿌리를 내리지 못하지. 대신에 수평으로 너르게 펼치지. 삼 미터면 당신과 내 거리쯤 되겠군."

"뿌리가 어디 있는데?"

"거기 당신 발아래……"

"아래?"

"아래……"

"아래가 어딘지 모르겠어."

오 년 전 그가 처음 오브제로 선택한 뿌리는 단풍나무 뿌리였다. 그즈음 우리는 육 년째 진전 없는 연인 관계를 이어오고 있었다. 마흔이 코앞인 내 나이가 이미 임신과 출산을 감당하기에는 고령이라는 현실을 깨달은 즈음이기도 했다. 어머니와 오지랖 넓은 이모들은 조건이 적당한 상대만 있으면 내게 묻지도 않고 맞선 날짜를 잡았다. 그의 작업실에서 처음 뿌리를 본 날도 나는 맞선을 보았다. 제약회사 과장으로, 그해 결혼이 목표라는 남자와 저녁을 먹고 헤어진 후 나는 택시를 잡아타고 그의 작업실로 향했다.

"정원수로 심었던 단풍나무 뿌리야."

그가 일러주기 전까지 나는 작업실 한가운데 덩그러니 놓여 있는 것이 뿌리일 거라고는 미처 생각하지 못했다. 철사 수십 가닥을 마구 뭉쳐놓은 것 같은 그것은 흡사 말벌집 같았다. 손가락으로 살짝 건드리기만 해도 수백 마리의 말벌이 요란한 굉음을 내며 날아오를 것 같았다.

"땅에 묻기 전에 전족을 하듯 고무줄로 감아놓아서 뿌리가 자유분방하게 뻗지 못했어. 집착하듯 서로를 옭아매며 자라느라 뿌리 가닥들이 가늘고 억세졌어."

"저걸 왜?"

"마르기를 기다리는 중이야. 뿌리 가닥들이 마르면서 서로를 더 병적으로 옭아매겠지."

그러나 내 눈에 단풍나무 뿌리는 안쓰러울 만큼 충분히 메말라 있었다.

"더 억세어지고, 더 가늘어질 거야, 더 검어지고……"

며칠 뒤 내가 그의 작업실을 다시 찾았을 때 단풍나무 뿌리는 패널 위에 놓여 있었다. 먹빛 패널이 깎아지른 절벽인 듯 그것에 악착같이 매달려 있었다.

"마르면서 뿌리가 짓는 표정이 극적으로 달라지고 있어. 번개가 때리고 지나간 듯 급작스레 바뀐 표정과 마주할 때마다 당혹스러워. 방금 전에 지었던 표정보다 날것이라서."

*

시큼한 냄새가 옅어지고 배후세력처럼 떠오르는 지릿한 냄새…… 마비의 기운을 풍기는 불온하고 수상스러운……

뿌리가 몹시 거대할 것 같다. 육인용 식탁만하던 능수버들 뿌리보다도.

뿌리가 어떤 표정을 짓고 있는지, 어떤 빛깔을 띠는지, 얼마나 뒤틀리고 휘어졌는지, 나는 모른다. 원뿌리에서 지파처럼 갈라져나온 곁뿌리가 몇 가닥이나 되는지도.

나는 뿌리를 보지 못했다.

자정 넘어 내가 철문을 열고 들어섰을 때 작업실에는 태곳적에나 존재했을 것 같은 짙은 어둠이 들어차 있었다.

뿌리로 더…… 곁뿌리들이 찰나의 시차를 두고 출렁이며 나를 은근슬쩍 밀어내려 애쓰는 게 느껴진다.

뿌리가 자라고 있는 것 같다. 영 점 오 밀리미터 샤프심으로 꾹꾹 점을 연달아 찍어 선을 늘이듯 시나브로.

땅 위 줄기가 가지를 치는 동안 땅 아래에서는 원뿌리가 곁뿌리를 친다고 그는 내게 귀띔해주었다. 잎이 풍성할수록 그 나무를 지탱해주는 것은 원뿌리가 아니라 곁뿌리라고. 대나무 같은 외떡잎식물의 경우 원뿌리는 거의 자라지 않고 실뿌리가 포말이 일듯 부풀어오르는 특징이 있다고.

뿌리로 더 바짝 다가가려는 내 배꼽께를 뿌리 하나가 넌지시 찔러온다. 우엉 굵기의 그 뿌리가 탯줄만 같아 나는 손으로 그것을 움켜잡는다. 뿌리 끝에 자우룩 안개처럼 피어난 실뿌리들이 손바닥을 간질인다.

뾰조록한 뿌리 끝을 손가락으로 더듬어본다. 세포덩어리로, 생김이 골무와 흡사해 뿌리골무로 불리는 조직이다. 땅속에 길을 내면서 뻗어나가는 뿌리가 다치지 않게 보호해주는 역할을 한다. 중력을 감지해 뿌리가 나아갈 방향을 알려주기도.

작업실이 일산 쪽에 있을 때였다. 그가 구석에 굴러다니던 양파에서 뿌리를 한 가닥 떼어내 내 손바닥 위에 놓더니, 그 끝을 짚어 보이고 말했다.

"뿌리골무야, 이 안에 생장점이 있어. 바늘귀만한 이 작은 점 안에 엄청난 에너지가 흐르고 있지."

새치 같은 뿌리가 운명을 점치는 손금만 같아 나는 슬그머니 손가락들을 오므렸다.

내 뭉툭한 손톱들이 뿌리골무 같았다. 그를 어루만지고 싶어 보랏빛으로 질리던.

눈꺼풀을 다닥다닥 붙여놓은 것 같은 외피를 혀로 슬쩍 핥아본다. 마르면서 외피는 벌어지고 들뜰 것이다.

*

"저 뿌리가 짓고 있는 표정을 봐."

충북 괴산 과수원에서 찾았다던 사과나무 뿌리였다. 사람으로 치면 암이나 마찬가지인 병에 걸려 고사했다는 사과나무의 뿌리는 궁상스러울 만큼 휑뎅그렁했다.

나는 그에게 '미소 분석 알고리즘'으로 분석한 모나리자의 미소에 대해 들려주고 있었다. 미국 모 대학 연구진은 행복, 놀라움, 분노, 혐오, 공포, 슬픔, 그렇게 여섯 가지 감정으로 모나리자의 미소를 수치화했다. 그 감정들이 발생할 때 생기는 입의 굴곡과 눈가의 주름 모양을 관찰해 점수를 매기는 식으로. 그 알고리즘을 통해 분석한 모나리자의 얼굴에서는 행복감 83퍼센트, 혐오감 9퍼센트, 두려움 6퍼센트, 분노 2퍼센트가 나왔다고 했다. 그런데 모나리자의 미소가 신비하고 오묘한 것은 아이러니하게도 83퍼센트나 되는 행복감 때문이 아니라 나머지 17퍼센트를 구성하는 다른 감정들 때문이라고.

"저 뿌리가 짓는 표정을 보라니까."

지구상에 존재하는 것들 중 가장 절묘한 표정을 짓는 것은 인간의 얼굴이 아니라 나무뿌리가 아닐까.

저 사과나무 뿌리가 땅속에서 물을 빨아들이려 안간힘을 쓸 때 지었을 표정을 상상해봐. 지상의 가지들이 바람에 흐느적거릴 때 지었을 표정을, 흰 꽃이 다투듯 피어날 때, 열매가 맺히고 붉게 익어갈 때……

저 사과나무 뿌리가 짓고 있는 표정이 마음에 들어…… 나약하지만 섬세한 나르시시즘이 느껴지는 게……

여섯 가지 감정이라고 했어? 행복, 놀라움, 분노, 혐오, 슬픔…… 그리고 공포였나? 그러니까 모나리자의 표정이 신비로운 것이 9퍼센트의 혐오감과 6퍼센트의 두려움…… 2퍼센트의 분노 덕분이란 말이지?

그렇다면 저 사과나무 뿌리가 짓는 표정이 특별한 건 공포와 슬픔이라는 감정 때문일 거야. 33퍼센트의 공포와 19퍼센트의 슬픔……

사과나무 뿌리를 바라보던 그의 얼굴에 어린, 자조적이고 허탈한 표정에는 42퍼센트의 슬픔과 29퍼센트의 두려움이 깃들어 있었다. 나머지 29퍼센트를 채우고 있는 감정은 그런데 행복도, 놀라움도, 분노도, 혐오도 아닌 그 어떤 감정이었다. 내 무딘 감정 해독 능력으로는 도무지 읽어낼 수 없는.

나머지 29퍼센트를 채우고 있던 감정들은 실뿌리처럼 가늘고 희미한 감정들이 아니었을까.

일주일쯤 지나 내가 작업실을 다시 찾았을 때 사과나무 뿌리는 방부액을 뒤집어쓰고 있었다.

"표정이 달라졌어."

"미묘하게."

"나쁜 쪽으로."

그는 뿌리가 적당히 마르면 방부액을 발랐다. 진균류가 번식하고 뿌리가 썩는 걸 방지하기 위해서였다. 원목가구에 흔히 바르는 방부액인 컬러스테인을 당신은 을지로 4가 화학약품 전문 상점에서 구했다. 친환경 착색 도료라고는 하지만 화학약품인 그것을 뿌리에 바를 때 당신은 마스크도 쓰지 않고, 위생장갑도 끼지 않았다.

슬픔이 분노를 불러오기도 하나. 사과나무 뿌리가 짓고 있던 표정에서 나는 분노를 읽었다.

*

"손이 떠올라……"

"까맣게 잊고 있던 손이……"

내가 초등학교 오학년 때 고모할머니가 함께 살기 위해 우리집으로 들어왔다. 스무 살에 시집을 갔지만 애가 들어서지 않아 친정으로 쫓겨 왔고 그뒤로 평생 남의 집 식모로 떠돌아 갈 데가 양로원 말고는 없다고 했다. 맏며느리라는 이유만으로 시고모까지 모셔야 하는 것이 불만이었지만 어머니는 그녀를 내치지 못했다.

살러 들어온 첫날, 저녁 밥상에 올라온 감자탕에서 시래기만 건져 먹던 그녀의 모습이 어린 내 눈에 궁상스럽게 보여서였을까. 나는 그녀가 싫고 부담스러웠다. 하지만 그녀에게 따로 내어줄 만큼 방이 넉넉하지 않아서 나는 그녀와 한방을 써야 했다. 그녀는 온종일 숨듯 방안에 틀어박혀 지냈다. 한곳에 자리를 잡고는 몸을 최대한 움츠리고 한 시간이고 두 시간이고 앉아 있었다. 사실 그녀는 조금씩 자리를 옮겨 앉았는데 그 폭의 차이가 미미해 거의 표시가 나지 않았다. 하지만 아침나절만 해도 볕이 드는 창 밑에 웅크리고 앉아 있던 그녀는 조금씩, 조금씩 이동해 저녁나절이면 문가에 앉아 있었다. 옮겨 앉을 때마다 그녀는 자신이 조금 전까지 앉았던 자리를 걸레로 훔치고 훔쳤다. 혹시나 남았을지 모를 자신의 흔적을 지우려는 듯. 덕분에 그녀가 앉았던 자리에는 머리카락 한 올 떨어져 있지 않았지만, 마른 무청 냄새와 베이비로션 냄새를 섞은 것 같은 체취가 고여 떠돌았다.

고모할머니의 손이 슬그머니 내 손을 잡아온 것은, 그녀가 온 지 석 달쯤 지나서였다. 그날은 마침 밤이 가장 길다는 동짓날이어서 어머니는 팥죽을 쑤었다. 저녁 밥상에 오른 붉은 팥죽에는 그녀가 빚은 새알심이 부화하지 못한 메추리알처럼 떠 있었다.

불을 끄고 이불 속에 들어가 누운 지 삼십 분쯤 지나, 그녀의 손이 내 이불을 들추고 들어왔다. 그날 밤따라 이상하게 잠이 오지 않아 말똥말똥 깨어 있던 나는 그녀의 손가락들이 머뭇머뭇 내 손가락들 사이로 들어오는 것을 고스란히 느끼고 있었다.

"깍지를 껴왔어."

"저 포도나무 뿌리를 닮은 손이……"

포도나무 뿌리를 그는 충북 영동 포도밭에서 찾았다.

작년 11월 말쯤이니까 일 년도 더 전이었다. 그날 그는 불쑥 내가 다니던 여행사 근처로 찾아왔다. 마침 점심시간이어서 나는 지갑만 챙겨들고 그가 기다리는 곳으로 갔다. 그의 폐차 직전인 왜건은 비상 깜박이를 켜고 주정차 위반 단속 카메라가 설치된 버스 정류장 근처에 초조하게 서 있었다. 나는 버스를 기다리는 사람들을 헤치고 왜건 조수석에 성급히 올랐다.

거의 두 달 만에 만난 그는 볼이 움푹 패도록 수척해져 있었다. 덥수룩이 자란 머리카락은 그사이 부쩍 새어 희끗희끗했다.

"연락도 없이 어쩐 일이야."

그는 아무 말 없이 나를 응시하다 씁쓰레 웃어 보였다. 그제야 나는 그에게서 풍기는 텁텁하고 메마른 냄새를 맡았고, 그것이 뿌리 냄새일 거라고 지레짐작했다.

"당신 얼굴이 좀처럼 떠오르지 않지 뭐야. 안 본 지 꽤 된 것 같기도 하고."

그는 혼잣말을 하듯 중얼거리고 왜건을 출발시켰다.

왜건이 톨게이트를 지나 경부고속도로에 진입하고 나서야 나는 점심시간이 그리 길지 않다는 걸 깨달았다. 직원이 둘뿐이라 교대로 먹어야 해서 나는 거의 늘 삼십 분 안으로 점심을 해결했다. 뜨거운 교자를 고명으로 얹은 칼국수를, 지글지글 끓는 돌솥비빔밥을 십 분 만에 해치우는 것이 내게는 그리 어려운 일이 아니었다.

시흥휴게소 표지판이 보이자 그는 속도를 높였다.

"휴게소에 들러 뭐라도 먹어야겠어. 어제 점심부터 굶었더니 몹시 허기가 져."

그때까지도 그는 내게 목적지를 말해주지 않았다. 그며칠 전 나는 이메일로 그에게 결별을 통보했다. 단 한 줄의 문장으로 충분했던 이메일은 수신 미확인 상태였다.

유부우동과 단무지를 앞에 놓고 나는 그에게 따지듯 물었다.

"점심을 먹자고 이곳까지 온 거야?"

"내가 뿌리를 오브제로 작업한다는 소문을 들었는지 어제 미대 동기가 연락을 해왔지 뭐야? 그 동기 부모님이 충북 영동에서 포도 농사를 지으시는데 오늘 포도밭을 갈아엎는대."

"한시까지는 사무실에 들어가야 해."

그즈음 여행사는 사정이 좋지 않았다. 후쿠시마 원전 사고 이후 일본 여행 상품이 죽을 쑤는 바람에 직원들 월급을 겨우 챙겨주고 있었다.

"포도나무는 천근성이야."

"천근성?"

"태생적으로 뿌리 뻗음이 얕아서, 땅 표면 가까이 뿌리를 내리고 옆으로, 옆으로 퍼져나가지."

"영동이 서울에서 제법 멀지 않아? 한시까지는 사무실에……"

"소나무도 천근성이야. 경주 남산동에 있는 헌강왕릉에 가면 자연적으로 만들어진 '소나무 뿌리 계단'이 있어. 구불구불 휘어진 소나무 뿌리들이 땅 위로 솟아올라 만들어내는 계단이 꽤 근사해. 소나무 뿌리 계단을 올라가면 진달래가 지천으로 핀 숲과 왕릉이 나오지……"

"한시까지는……"

"호두나무 같은 심근성 나무는 뿌리를 깊이, 단순하게 내리지. 아, 당신은 심근성 나무에 가깝겠군."

나는 선뜻 동의가 되지 않아 고개를 떨어뜨리고 유부

기름이 국물로 번지는 걸 묵묵히 바라보았다.

내가 우동을 한 가락 한 가락 건져 먹는 동안 휴대전화에는 부재중 전화가 다섯 통이나 찍혀 있었다. 다섯 통 다 여행사 대표 전화로 걸려온 것이었다.

나는 살면서 이사라는 걸 한 적이 한 번도 없었다. 부모님은 대중목욕탕이 딸린 집에서 자식 셋을 낳고 키웠다. 아파트 단지를 조성하기 위해 집들을 마구잡이로 허물 때도, 내가 태어나고 자란 집은 용케 살아남았다. 여행사에서 근무했지만 나는 일본 온천 여행 한번 다녀오지 않았다. 한때 여행 가이드를 꿈꾸었지만, 꽤 가깝게 지내던 가이드가 북해도의 료칸에서 스스로 세상을 뜬 뒤로 그 직업에 대한 환상을 버렸다. 벌써 십 년도 더 전의 일이지만, 그녀가 머물렀던 료칸 이름을 나는 아직 기억하고 있었다. 마흔다섯 살 독신으로 재일 교포 출신인 그녀의 이름은 사마코였다.

왜건이 대전을 지나 터널을 통과할 때 나는 문득 그에게 물었다.

"그럼 당신은 천근성 쪽일까?"

어떤 포도 농장들에서는 포도나무들 사이사이에 민들레나 토끼풀 같은 잡풀을 심기도 한다는 걸 그는 모르는 듯했다. 천근성인 포도나무가 잡풀과 경쟁하느라 태생적 기질을 거스르고 뿌리를 땅속 깊이 내린 덕에 포도의 품질이 좋아져 그렇게 한다는 걸.

오후 느지막이 포도밭에 도착했을 때, 그곳에서는 포도나무들을 갈아엎는 작업이 한창이었다.

장난감 같은 소형 굴삭기의 바스켓 발톱에 포도나무 뿌리가 들리는 걸 우리는 말없이 구경했다. 흙먼지가 왜건 안으로 들이치는데도 그는 차창을 올리지 않았다. 어느 밭에서 폐비닐을 태우는지 비닐 타는 냄새가 났다.

천 평에 달한다는 포도밭은 야트막이 경사진 곳에 자리하고 있었다. 물구나무를 선 포도나무가 뿌리를 발작적으로 떨어댈 때마다 허공이 덩달아 뒤흔들렸다. 검누런 흙먼지와 연보랏빛 노을이 어우러져 허공은 오묘한 빛깔을 띠었다.

굴삭기 소리가 잦아들고 나서야 그는 왜건에서 내려 포도밭으로 휘적휘적 걸어들어갔다. 다들 어디로 가버리고 포도밭에는 그 혼자였다. 뿌리 뽑힌 포도나무들이 그를 그악스럽게 집어삼키는 걸 나는 속수무책의 심정으로 바라보았다.

*

땅에서 뽑혀 깊이를 상실한 뿌리지만, 그걸 따라 내려가면 심연에 다다를 것 같다.

곁뿌리 앞에서 나는 고개를 조금 외로 튼다.

그리고 다시 뿌리로……

뿌리를 넓게도, 그렇다고 깊게도 내리지 못한 나무들은 어떻게 살아남을까. 내 태생적 기질은 어쩌면 천근성에 가깝지 않을까. 자라는 내내 나는 외발로 서 있는 심정이었다.

사마코가 북해도로 떠나기 전날, 우리는 여행사 근처 분식집에서 늦은 저녁을 먹었다. 활달하고 농담을 잘하던 그녀가 김밥을 먹다 말고 눈을 부릅뜨더니 날 쏘아보았다.

"내가 밤마다 혼자 우는 걸 자기는 모르지. 버려진 짐승 새끼처럼 납작 엎드리고는 온몸을 떨면서 말이야."

그녀는 성별을 가리지 않고 조금 가깝다 싶은 사람을 부를 때면 사랑하는 애인을 부르듯 '자기'라는 호칭을 썼다.

"탯줄이 잘리자마자 망망한 우주에 던져져 떠도는 기분이야…… 어릴 때부터 그랬어. 시작도, 끝도 없는 곳을 얼마나 더 떠돌아야 끝이 날까?"

그녀의 갑작스러운 고백이 당혹스러워 나는 입속 씹다만 김밥을 마저 씹지도, 그렇다고 삼키지도 못하고 있었다.

"그렇게 심각한 얼굴로 쳐다볼 것 없어. 자기가 어떻게 해줄 수 있는 게 아니니까. 내 부모도, 형제자매들도 해결해주지 못한 고독감이야. 적잖이 사귄 남자친구들도, 정신과 약도, 전지전능하다는 하느님도……"

눈에 눈물이 고이지도 않는데 내가 울고 있구나, 중얼거려질 때가 있다. 며칠 전에도 요가 학원에서 개구리 자세를 하고는 속으로 중얼거렸다. 내가 울고 있구나, 내 등이 흐느끼고 있구나……

*

타오르고, 녹고, 흐르고, 떨어지고, 굳고……

산양의 발목처럼 길고 흰 초의 심지에 불을 붙이던 그의 모습이 떠오른다. 심지에서 봉선화 꽃잎 같은 불꽃이 피어났고, 벽으로 포도나무 뿌리 그림자가 일렁일렁 번졌다. 심지를 중심으로 촛농이 고이자 그는 초를 비스듬히 기울였다. 촛불이 길쭉해지면서 포도나무 뿌리 그림자도 덩달아 늘어났다.

촛농은 뿌리를 견고하게 하기 위해 그가 찾은 재료 중 하나였다. 그는 포도나무 뿌리 전체를 촛농으로 코팅했다. 점묘화를 그리듯 촛농을 한 방울, 한 방울 떨어뜨려서.

더딘데다 인내를 요구하는 그 작업방식이 답답했는지 지인 하나는 그에게 파라핀을 권유해왔다. 파라핀을 녹여 브러시로 발라주는 방식이 훨씬 수월하고 빠를 거라고. 파라핀은 초에 비해 가격이 저렴할뿐더러 녹여서 쓰기에 용이했다. 그 지인은 작은 뿌리들은 녹인 파라핀에 담갔다 꺼내기만 해도 고르게 도포되는 효과를 볼 수 있을 거라고 일러주기도 했다. 그럼에도 그가 촛농 작업을 포기하지 않자 성경책만한 파라핀 네 덩어리를 소포 상자에 담아 작업실로 보내왔다. 파라핀을 녹여서 뿌리에 입히는 방법을 고민하지 않았던 것은 아니었는지 그는 지인의 권유를 내켜 하지 않았다.

한 방울,

한 방울,

또 한 방울,

뿌리로 떨어지는 백색의 눈물

증발을 모르는.

양부모로부터 사랑을 듬뿍 받고 자란 입양아가 우연히 친부모로부터 버림받은 사실을 알게 되면 몹시 혼란스러워한다더군. 자신이 유기된 존재였다는 걸, 불필요한 존재였다는 걸 깨닫고는, 뒤미처 자기 자신에 대한 근원적인 질문에 휩싸여서는 말이야.

내가 왜 여기에 있는가?

내가 왜 없는 게 아니라 있는가?

나무들도 스스로에게 묻고는 할까.

"내가 왜 여기에 있지?"

그는 스스로에게 묻고 있었다. 그의 시선은 나를 향하고 있었지만 질문은 그 자신을 향하고 있었다. 초를 든 그의 손이 떨렸다. 그 바람에 촛농은 포도나무 뿌리를 비껴 그의 발등으로 떨어졌다.

그는 혹 한없이 더디고 긴장된 '점묘의 시간'을 가학처럼 즐기기 위해 촛농을 고집하는 게 아닐까.

한 방울,

한 방울,

또 한 방울,

*

자연에서 유래한 뿌리는 요동치는 오브제였다. 수액을 흠씬 머금은 뿌리도, 메말라 철사 같아진 뿌리도.

그것은 또한 변덕스러운 오브제였다. 야생에서 발견했을 때만 해도 그에게 흥분과 영감을 불러일으키던 뿌리가, 마르면서 그 매력을 상실하는 경우가 종종 있었다.

잘 썩는데다 쉽게 부러지고 바스러져 애초에 영구성을 기대하기 어려운데다, 예민하고 까다로워 형태가 가변적이었다.

미술에 문외한이지만 뿌리가 오브제로 만만치 않으리란 걸 나는 직감했다. 그러니 그가 그걸 모르지 않았을 것이다. 나는 뿌리라는 오브제가 마음에 들지 않았다. 뿌리의 이미지와 그것이 내포한 상징성이 내게는 식상하기만 했다.

뿌리로 갑작스레 시선을 돌리기 전까지 그는 평면 유화

작업에 몰두했다. 자폐에 가까운 집중으로 추상의 극단으로 나아가고 있었다. 더구나 그즈음 그는 그의 유화 작품들에 흥미 있어 하던 갤러리와의 전속 계약을 앞두고 있었다. 전시 기회가 보장되는 계약을 포기하면서까지 '뿌리'를 시각화하는 부정형 미술로 선회한 이유에 대해, 그는 침묵했다. 그의 뿌리 작업이 무모한 시도로 비치는 것은 그 때문이었다. 왜 하필 뿌리인지, 의아해하는 지인들을 그는 납득시키려 애쓰지 않았다.

뿌리를 찾기까지, 그리고 뿌리를 작업실로 가져오기까지 그는 만만찮은 발품과 시간, 비용을 들였다. 비탈에서 찾은 뿌리를 옮기다 그것과 함께 굴러 갈비뼈에 금이 가기도 했다. 뿌리를 찾고, 그것을 줄기와 분리하고, 작업실까지 옮기는 일을 그는 구도자처럼 거의 혼자서 했다. 그의 얼굴은 새카맣게 그을리고, 몸은 뿌리에 긁히고 찔려 상처투성이가 되었다.

나무 밑동을 자를 때 그는 될 수 있으면 전기톱을 쓰지 않았다. 우선은 그 자신이 전기톱의 격렬한 진동과 굉음을 감당하기 힘들어서였다. 줄기가 단단하고 굵어 어쩔 수 없이 전기톱을 써야 할 때면 귀마개로 양 귓구멍을 틀어막는다고 했다.

"비명소리가 들리는 것 같아. 잎들이, 어린잎들이, 가지들이, 잔가지들이, 그리고 뿌리가 내지르는……"

이 미터가 넘는 사철나무가 설렁탕 식당 대형 환풍구 근처에 쓰러져 있었어. 환풍구가 엄청난 소음을 내면서 토하는 후덥지근한 바람에 연둣빛 잎사귀들이 흐느끼듯 떨었어. 날개깃이 잘려 날아가지 못하는 앵무새들 같았어. 이십사 시간, 삼백육십오 일 영업하는 설렁탕 식당이었어.

곁뿌리 하나가 하수구 철망 구멍 속으로 뻗어 있었어. 하수구 바닥이라도 움켜잡고 버티고 싶었던 걸까. 썩은 오물이라도, 혹시나 있을지 모를 죽은 쥐라도.

죽은 어머니의 자궁 속 같을 거야, 허공이…… 땅에서 뽑힌 뿌리에게는 말이야.

그는 '물질'과 '그것을 다루는 사람' 사이에도 궁합이 있는 것 같다고 했다. 뿌리가 그와 잘 맞는 물질인지 모르겠다. 잎새, 가지, 줄기, 꽃, 열매. 나무의 다른 부분들을 나열해놓고 뿌리와 비교해 생각해보더라도.

그가 찾은 뿌리들에는 공통점이 있었다. 천재지변의 화를 입었거나, 개발이라는 명목 아래 살던 곳에서 내쫓긴 철거민처럼 제자리에서 파헤쳐진 뿌리들이라는 것이었다.

"빈집 마당에 감나무가 서 있었어."

"줄기에 붉은 래커로 '철거'라고 쓰여 있었어."

"감나무를 끌어안았어."

"그 글자가 내 심장에 묻어났어."

*

H은행 본사 건물 앞에는 메타세쿼이아 세 그루가 트라이앵글 구도로 서 있다. 유명 건축가가 설계했다는 그 건물 앞 메타세쿼이아들은 심길 때 일간 신문에 실릴 만큼 화제였다.

포도나무 뿌리와 마찬가지로 천근성인 메타세쿼이아는 화석으로만 알려져 있다, 1945년 중국 사천성과 호북성에서 발견되면서 유명해졌다. 그 나무가 살아 있는 화석으로 불리는 것은 그 때문이었다.

태풍 경보가 내린 날, 우리는 H은행 본사 건물 앞에서 만나기로 약속이 되어 있었다. 일본 남쪽 해상을 통과한 태풍이 시속 이십 킬로미터 속도로 북상하고 있었다. 도로마다 확성기를 장착한 트럭이 태풍에 대비할 것을 당부하면서 지나갔다. 퇴근길, 창마다 신문지와 누런 테이프를 붙인 고층 아파트를 보면서 나는 차곡차곡 쌓아올린 이삿짐 상자를 떠올렸다. 날이 밝으면 트럭들이 몰려와 상자들을 나누어 싣고 멀리 떠날 거라고. 상자 속 사람들이 아침밥을 먹다 말고, 화장을 하다 말고 멀리 실려갈 거라고.

약속 시간이 삼십 분이나 지나서야 나는 그와 연락할 방법이 없다는 걸 깨달았다. 퇴근 시간이라 도로는 중고차 전시장을 방불케 했다. 결국 한 시간 늦게 약속 장소에 도착했을 때, 그는 세 그루의 메타세쿼이아가 만들어내는 삼각형 속에 서 있었다.

삼 미터가 넘는 메타세쿼이아들은 전동드릴 날처럼 격렬하게 흔들리고 있었다.

나는 땅을 찢고 올라온 뿌리를 꾹꾹 밟으며 그에게 다가갔다.

"뿌리 뽑힐 때 나무가 느낄 공포감을 인간이 얼마나 알까?"

한 시간이나 늦은 것을 탓하는 대신에 그는 그렇게 말했다.

"나무가 온 힘을 다해 제자리에 서 있는 걸 모른다는 걸 말이야."

"나무는 서 있는 존재니까."

"존재?"

"한자리에 서 있는 존재……"

"나무는 자신이 태어난 자리와 죽는 자리가 같은 존재야. 태어난 자리에서 꽃을 피우고, 열매를 맺고, 죽음을 맞는……"

그는 메타세쿼이아들보다 더 심하게 흔들리고 있었다.

"천이백 킬로미터야……"

"이 메타세쿼이아들이 이동한 거리 말이야. 당신 말대로 한자리에 서 있는 존재가 어느 날 뿌리 들려서 천이백 킬로미터나 되는 거리를 날아온 거야."

나는 그가 날아가지 못하게 그의 발등에 못이라도 박아 넣고 싶었다. 그를 내 옆에 붙들어둘 수만 있다면 발가락 하나하나에.

*

나는 아직 뿌리에 가닿지 못한 게 아닐까, 내가 나를 망각하고 존재하는 곳에.

나는 뿌리에 가닿고 싶지 않은 것인지도 모른다.

어느 날 서 있던 곳에서 들려 천이백 킬로미터 떨어진 곳으로 보내진 메타세쿼이아들이 감당했을 시차…… 그 혼란과 피로를 나는 이해할 것 같다.

고백하자면, 나는 한자리에 가만히 웅크리고 있을 때조차 시차에 시달리고는 한다. 시차라고밖에 표현할 수 없는 그 어떤 감정에. 그것은 어쩌면 사마코가 말한 고독감과 비슷한 것인지도 모르겠다.

사마코를 죽음으로까지 몰고 간 고독감이 재일 교포 출신이라는 불안정한 정체성에서 기인한 것이 아닐까 의심하기도 했다. 하지만 수년 전 송년회 술자리에서 그녀와 정이라는 가이드 사이에 오갔던 대화가 떠올랐다.

"사마코, 너의 정체성은 뭐지?"

"그거야, 여행 가이드지."

취기로 눈빛이 몽롱하게 풀려 있던 그녀가 잘못 알아들었다고 생각했는지, 정은 정색하고 다시 물었다.

"그게 아니라, 정체성 말이다. 일본인이냐, 한국인이냐?"

"아, 정체성 말이냐? 내 정체성은 나다."

그 말에 모두의 시선이 그녀에게 쏠렸다.

"사마코, 설마 정체성의 뜻을 모르는 거냐?"

"아아, 정체성 따위 알고 싶지 않아."

뜻을 정말로 모르는 줄 알고 정이 설명하려 들자, 그녀가 맥주잔을 소리나게 내려놓고 벌떡 일어섰다.

"알고 싶지 않다고 했잖아! 정체성? 그건 너무 정치적이고 진지해. 나는 나, 너는 너…… 정체성이 대체 뭔 필요가 있지?"

*

컬러스테인, 본드, 브러시, 핸디코트, 젯소, 못…… 작업실 곳곳에 널려 있는, 뿌리 작업에 필요한 재료와 도구들을 나는 하나하나 호명하듯 중얼거려본다.

그가 뿌리를 작업실로 가져와 가장 먼저 하는 일은 그것이 마르기를 기다리는 것이었다. 시차에 적응할 시간을 주듯 그는 뿌리를 내버려두었다. 잘 마르기 위해서는 빛과 바람과 습도가 무척 중요한데, 작업실은 습하고 바람이 잘 통하지 않는 반지하였다. 장마철 장판지와 벽지 밑에서 올라오는 습기에 썩고 짓무르는 바람에 작업을 포기한 뿌리도 여러 개였다. 대학교를 졸업하던 해 집에서 독립한 그는 반지하를 벗어나지 못하고 있었다. 더구나 뿌리를 찾아다니느라 유일한 생계수단이던 미술 학원 강사일을 일 년 넘게 쉬고 있었다.

뿌리를 찾아 헤매는 동안 그는 거의 연락두절이었다. 휴대전화는 꺼져 있거나 켜져 있어도 받지 않았다. 내가 보낸 문자메시지들은 번번이 답신을 받지 못했다.

—거울 속에 내가 모르는 얼굴이 있었어.

그 어느 날 밤 내가 충동적으로 보낸, 수수께끼 같았을 문자메시지에도 그는 답신을 보내오지 않았다. 그날 나는 어머니가 심한 독감에 걸려 여탕 청소를 대신했다. 탈의실 빗과 드라이어를 정리하다 말고 나는 문득 거울을 들여다보았고, 그것에서 눈길을 거두지 못했다. 거울 속 얼굴이 낯설어서.

그는 뿌리가 마르면 그것에 방부액을 발랐다. 브러시로 방부액을 발라주었는데, 뒤틀림이 심해 브러시 솔이 닿지 못하는 곳에는 방부액을 분무기로 분사했다. 실뿌리들과 뿌리를 고정시킬 패널에도.

방부액만으로는 습기와 뒤틀림을 방지할 수 없기 때문에 그는 그 위에 본드를 덧발랐다.

"일종의 박제 처리야. 이걸 바르면 뿌리가 요동치지 않고 사후경직에 든 곤충처럼 딱딱하게 굳지."

그의 말대로 본드를 바른 뿌리는 얌전해졌다. 강력한 접착력을 가진 본드를 뿌리에 입히는 것을 내켜 하지 않는 눈치였지만 대신할 물질을 찾지 못한 듯 그는 묵묵히 그것을 뿌리 전체에 발라주었다.

다음 작업으로 그는 걸쭉하고 투명한 물감인 젯소를 뿌리와 패널에 골고루 칠했다.

"젯소를 바르면 결이 단단하게 잡히지. 습기를 차단해 주어서 곰팡이가 발생하는 것도 막을 수 있어."

촛농을 떨어뜨리기 전 마지막으로 거치는 작업은 못을 박는 것이었다.

"아무래도 무게가 있으니까. 이삼 킬로 나가는 뿌리를 접착제만으로 패널에 고정시키는 것은 위험하고 무모해."

못을 박기 전, 그는 못박을 자리를 찾았다. 혈자리를 찾듯 손가락으로 신중하게 뿌리를 더듬어가면서.

작업실 철문을 열고 들어서다 그가 뿌리에 못을 박아넣는 광경과 마주쳤을 때의 충격을 어떻게 설명해야 할까.

나는 언제부턴가 아무 연락 없이 불쑥 그의 작업실을 찾았고 열에 한 번 겨우 그를 만났다. 그날 내가 퇴근하자마자 그의 작업실로 향한 것은 그를 만나고 싶어서가 아니었다. 뿌리가 궁금해서도. 그저 관성이라는 지팡이가 나를 그곳으로 이끈 것이었다. 전구가 나가 어두컴컴한 계단으로 발을 미끄러뜨리듯 내디디며, 나는 우리의 관계를 지속시키는 것이 열정도 욕망도 아닌 관성이라는 걸 깨닫고 있었다.

못박힘.

자연물인 뿌리가 예술적 오브제로 승화하기 위해 거치는 통과의례들 중 가장 단순하고 의미심장한 의례를 그는 '못박힘'이라고 했다.

패널이라는 제한된 세계에 뿌리라는 자아自我를 고정시키기 위해 '못박힘'이라는 의식을 치르는 거야.

자아가 옴짝달싹 못하게.

정희 선배는 예수의 수난공로를 떠올리더군. 낮에 근처에 왔다가 소식이 궁금했는지 작업실까지 찾아왔지 뭐야. 그 선배…… 당신도 알지? 지구에서 가장 위대한 존재가 나무라고 생각한다는 선배 말이야. 한남동 갤러리에서 개인전을 열 때 함께 갔었잖아. 내가 뿌리에 못 박는 걸 말없이 지켜보더니 십자가에 못박힘을 당하는 예수가 뿌리에 겹쳐 떠오른다지 뭐야. 정희 선배다운 해석이라는 생각이 들었어. 그녀의 해석은 늘 극적인 데가 있으니까. 그녀에게는 모든 작품에 특별하고 거창한 의미를 부여해야 한다는 강박이 있는 것 같아. 평론가들을 혐오하고 멀리하면서 그들처럼 해석하려 들지.

뿌리를 패널 위에 놓고 못을 박을 때, 고정시킨다는

생각 말고는 다른 생각은 하지 않는다고 했더니 제발 생각 좀 하고 살라고 면박을 주더군. 농담이었지만 나는 심각해질 수밖에 없었어.

'고정'이라는 말은 나를 예민하게 만들어.

솔직히 고백하자면 한 존재를 한자리에 고정시킨다는 게, 내게는 불가능한 욕망처럼 여겨져.

아마 그래서일 거야.

못을 그만 박아도 된다는 걸 잘 알면서 자꾸 박게 돼. 하나 더, 하나 더, 하나만 더, 딱 하나만 더……

정희 선배는 내가 환조 형식이 아니라 부조 형식을 취한 것에 의문을 갖더군. 뿌리라는 입체적인 오브제를 끌어오면서 평면인 패널에 그것을 고정시키려 애쓰는 내가 이해되지 않았나봐.

환조 형식을 일부러 거부하는 것은 아니야.

그가 손에 못을 박아넣는 환영에 시달리고는 한다. 젯소를 발라 가부키 화장을 한 얼굴처럼 흰 패널 위에 자신의 손을 올려놓고, 손바닥 한가운데에 못을……

*

포도밭 위로 개밥바라기가 떠오르고, 그는 포도나무들을 헤치고 걸어나왔다. 포도나무 뿌리를 끌고……

뿌리는 그의 몸에서 자라 있었다. 그의 두 다리도 뿌리였다.

*

"뿌리가 뭐지?"

"불가능한 오브제……"

"언제부터 뿌리에 사로잡힌 거야? 작업실에서 그 흔한 산세비에리아 화분 하나 키우지 않던 당신이야."

"초등학교 삼학년 여름방학 때였어. 마당 대문 옆에 덩그러니 놓여 있는 화분이 내 눈에 들어왔어. 나는 일기를 쓰다 말고 마루에서 내려가 화분으로 걸어갔어. 속이 꽤

나 깊던 갈색 화분이었어. 나는 양말을 벗고 화분 속에 두 발을 집어넣었어. 어머니가 날 보고는 나오라고 애원했지만 나는 계속 그렇게 화분 속에 두 발을 담그고 서 있었어. 내 발이 뿌리로 자랐으면 했어. 내 발이 날 아무데로도 데려가지 못하게."

*

그의 왜건이 영동고속도로를 벗어나 경부고속도로에 접어들 즈음이었다. 나는 그에게 고모할머니 얘기를 하고 있었다.

"넉 달쯤 우리집에서 살다 스스로 양로원에 들어가셨어. 내가 어머니에게 불평하는 소리를 들으신 것 같아. 고모할머니가 무섭다고, 그녀 몸에서 기분 나쁜 냄새가 난다고…… 그녀의 손이 내 손을 잡아온 뒤로 그녀가 소름 끼칠 만큼 싫었어. 그녀의 손이 또 내 손을 잡아올까봐 나는 밤이 되면 이불을 가능한 한 멀찍이 떨어뜨려 깔고, 그녀에게서 등을 돌리고 잤어. 내 두 손을 숨기듯 가슴께에서 끌어모으고."

왜건 뒷자리, 등받이를 접은 의자 위에는 포도나무 뿌리가 실려 있었다. 곁뿌리 하나가 운전석과 조수석을 가르며 길게 뻗어 있었다.

"그때 나는 중학교 삼학년이었어. 시험 기간이라 도서관에서 공부하다 밤이 늦어서야 집에 왔는데 부모님이 안 계셨어. 고모할머니가 돌아가셔서 장례를 치르러, 양로원이 있는 충남 공주에 내려가셨다고 동생이 내게 알려주었지. 기분이 조금 이상했지만 슬프거나 하지는 않았어. 그냥 무덤덤했던 것 같아."

포도나무 뿌리가 고모할머니의 손 같았다. 소름 끼치던 그 손이 포도나무 뿌리로 환생해 함께 실려가는 것만.

"내 손보다 작았어."

"고모할머니의 손 말이야. 쪼그라들어서, 겨우 아홉 살이던 내 손보다……"

그때 갑자기 끼어든 고속버스를 피하느라 그가 핸들을 급하게 돌렸다. 왜건이 심하게 흔들렸고 놀란 포도나무 뿌리가 차창을 긁었다.

“남귀덕……”

“고모할머니 이름이 남귀덕이었어. 얼마 전에야 그 이름을 알았어. 버리기 뭣했는지 아버지가 그녀의 유품을 여태 가지고 계셨어. 양로원에서 아버지에게 유품을 챙겨준 것 같아. 장례식 내내 장조카인 아버지가 상주 노릇을 하셨다고 들었거든. 흑백사진 한 장과 은 재질의 손목시계, 주민등록증, 금가락지가 그녀의 유품이었어. 주민등록증에 남귀덕이라고 적혀 있었어. 흑백사진 속에 그녀의 젊은 날 모습이 담겨 있었어. 사진관에서 찍은 사진 같았어. 꽃무늬 공단 한복을 차려입고 약간 긴장한 얼굴로 정면을 가만히 응시하고 있었어…… 손목시계의 시간은 한 시 이십오분 삼십오초에 멈추어 있었지.”

버스나 지하철을 기다리다, 식당에서 주문한 음식이 나오기를 기다리다, 창문을 열거나 닫다가…… 문득 고개를 수그리고 손을 물끄러미 내려다보고는 한다. 고모할머니의 손이 슬그머니 내 손을 잡아오는 것 같아서.

땅에서 파헤쳐져 내던져진 뿌리만 같던 그 손을 나는 꼭 잡아주지 못했다. 그렇다고 뿌리치지도.

손목을 톱 같은 걸로 잘라 손을 거세하는 꿈을 꾸기도 한다고 그에게 고백했던가. 그녀에게 내어주지 않으려고.

*

그는 지독한 나르시시스트인지도 모르겠다. 그렇다면 뿌리 작업들은 순전히 나르시시즘적인, 말하자면 자기만족과 황홀경에 도달하기 위한 작업에 불과한 걸까.

지난 오 년 동안 그는 뿌리 작업에 매달렸고, 완성한 '뿌리 작품'은 전시회를 열어도 될 만큼 편수가 늘어나 있었다. 규모가 만만치 않아 보관할 만한 장소를 마련해야 할 지경이었지만 그는 그것들을 전시하고 싶어 애를 쓰거나 안달하지 않았다. 그의 동기나 선후배들이 사비로 전시 공간을 빌려 전시회를 열기도 한다는 걸 알고 있던 나는 넌지시 전시 얘기를 꺼냈다.

"혹시 알아? 재독 교포처럼 뿌리 작품을 보고 눈물을

흘리는 누군가가 또 있을지."

"어차피 땅속에 은밀하게 숨어 있던 존재들이야, 드러나기를 거부하며."

*

내가 아직 뿌리에 가닿지 못했다면, 내 손이 더듬고 있는 이 뒤틀림은 무엇일까, 이 휘어짐은, 이 갈라짐은……

비늘처럼 일어난 뿌리의 외피가 바스라지면서 내 손에 묻어난다. 뿌리마다 외피의 두께가 다른데 두꺼울수록 마르는 과정에서 더 산란히 일어난다고 했던가.

외피 부스러기를 입에 넣고 씹어본다. 쓴맛이 입안에 퍼진다. 외피를 조금 더 떼어 입에 넣고 씹어 삼킨다. 이렇게 조금씩 뿌리를 먹어 없애고 싶다. 실뿌리 한 가닥도 남기지 않고.

*

"뿌리가 바뀌었어."

"저렇게 그악스럽지 않았어."

"내가 찾은 뿌리는 더없이 수줍었어……"

"더없이 어렴풋하고, 헐벗고……"

그가 뿌리를 두고 정신착란을 일으키듯 혼란스러워할 때마다 나는 불안했다. 그것이 일종의 증상이 아닐까 싶어서.

뿌리가 바뀌었다는 피해망상 때문에 그는 골목에서 용달차 기사와 말다툼을 벌이기도 했다. 그날 그는 조치원 쪽 저수지에서 찾은 느티나무 뿌리를 용달차 기사에게 맡기고 급하게 서울로 올라왔다. 웬만한 뿌리는 왜건으로 실어날랐지만, 곁뿌리들의 휘어짐이 심해 훼손될 염려가 있거나, 왜건 뒷자리에 싣기에는 부피가 지나치게 큰 뿌리들은 용달차를 불러 작업실까지 실어날랐다. 그날 그는 파독 광부 출신 재독 교포와 만나기로 약속이 되어 있었다. 구순을 넘긴 교포는 우연히 정희 선배가 그녀의 페

이스북에 올린 그의 뿌리 작품 사진을 보았고, 어린아이처럼 눈물을 흘렸다고 했다. 십 년 만에 한국에 나온 교포는 출국 전 그를 꼭 만나고 싶어했다. 그러나 그가 약속 장소인 인천공항 모 카페에 도착했을 때 교포는 이륙을 앞둔 비행기에 탑승하고 없었다. 실망한 그는 작업실로 돌아와 뿌리를 기다렸다. 밤 열시가 넘어서야 뿌리를 싣고 골목에 나타난 용달차 기사에게 그는 억눌린 목소리로 항의했다.

"뿌리가 바뀌었어요."

"뭐요?"

나이가 지긋하고 땅딸막한 기사가 대번에 얼굴을 구기고 쏘아붙였다.

"뿌리가…… 바뀌었어요."

"뿌리가 바뀌었다니, 내가 중간에 뿌리를 바꿔치기라도 했단 말이오?"

"그러실 리 없겠지만……"

"거참, 이상한 사람이군. 엉뚱한 소리 말고 용달비나 내놔요. 진 땅에 처박혀 있는 걸 끌어내 싣느라 얼마나 용을 쓴 줄 알아요. 진흙이 묻어 엉망이 된 내 옷을 보고도 그런 소리가 나와요?"

"뿌리가 바뀌었다니까요……"

그는 앵무새처럼 같은 말만 반복했다. 화가 난 기사는 용달비를 챙기자마자 뿌리를 골목에 부려놓고 가버렸다.

골목 입구에 의뭉스레 가부좌를 틀고 앉아 있는 느티나무 뿌리에 대고, 검은 승용차가 클랙슨을 신경질적으로 울려댔다.

*

"당신 손가락에서 방부액 냄새가 나……"

"뿌리가 뒤틀림이 심해서 방부액을 발라주어야 했어."

"어떤 뿌리?"

"울진 불영사 근처에서 찾은 소나무 뿌리 말이야."

"당신 손가락이 내 몸에 닿을 때마다 방부액이 묻어나는 것 같아…… 마치 박제되는 기분이야."

내 목과 어깨를 어루만지던 그가 손가락을 슬며시 거두었다.

*

포도나무 뿌리가 짓고 있던 표정을 어떻게 묘사해야 할까. 고모할머니의 환생한 손 같던 그 뿌리가.

포도나무 뿌리는 그동안 내가 그의 작업실에서 보았던 어떤 뿌리보다 헐벗고 어렴풋했다.

포도밭에 다녀온 지 이십 일쯤 지나 작업실에 들렀을 때, 그는 포도나무 뿌리 앞에 요지부동의 자세로 앉아 있었다. 대개의 경우 그는 작업실에 가져다놓은 뿌리가 마르는 동안 다른 뿌리를 찾아 떠났다.

나는 사들고 간 우유와 카스텔라를 비닐봉지에서 꺼내 식탁 위에 놓았다. 그와 조금 떨어진 곳에 자리를 잡고 앉아 포도나무 뿌리를 바라보았다.

포도나무 뿌리는 전체적으로 검갈색이었고, 곁뿌리들이 엇갈리고 포개지면서 흘러내리듯 뻗어 있었다. 가장 긴 뿌리는 그 길이가 못해도 삼 미터는 되었다.

"혹시 저 뿌리가 당신이 찾던 뿌리야?"

"모르겠어…… 마르는 동안 더 지켜봐야 할 것 같아. 마르면서 표정이 어떻게 변할지 모르니까."

"충분히 마르지 않았어?"

"더 메말라야 해."

"언제부터 그러고 있었던 거야? 내가 작업실 문을 열고 들어선 지 두 시간이 지났어. 두 시간 내내 당신은 내게 눈길 한번 안 주고 저 뿌리만 들여다보았어."

"오후 한시쯤 깨어나 들여다보기 시작했으니까…… 지금이 몇시지?"

"밤 아홉시가 넘었어…… 왜 이렇게 춥지…… 난방은 하는 거야? 날이 부쩍 쌀쌀해졌어. 아침저녁으로는 보일러를 돌려야 해. 올겨울은 눈이 많이 내리고 몹시 추울 거래. 우유 좀 데워줄까? 따뜻하게 데운 우유에 카스텔라를 먹고 나면 기운이 날 거야."

"잘 안 읽혀, 저 뿌리가 짓고 있는 표정이 좀처럼…… 그래서 홀린 듯 계속 들여다보게 돼."

*

며칠 뒤 나는 겁에 질려 떨리는 목소리로 그에게 말했다.

"이상해, 포도나무 뿌리가 살아 있는 것 같아…… 숨죽여 흐느끼고 있는 것만 같아."

"아직 살아 있어."

"그걸 어떻게 알아?"

"빛깔을 보면 알 수 있어."

"빛깔?"

"회색빛이 도는 걸 보면……"

"회색빛?"

"실뿌리들에 언뜻언뜻 도는 회색빛."

*

그는 여인의 몸에 향유를 바르듯, 죽은 포도나무 뿌리에 방부액을 바르고 있었다. 불길하고 외설스러운 성적 긴장감이 그와 포도나무 뿌리 사이에 흐르고 있었다.

어느 순간 포도나무 뿌리가 곁뿌리와 곁뿌리로 그를 빨아당겼다.

포도나무 뿌리와 그는 다투듯 팽팽히 대립하다 한덩어리가 되어갔다. 서로 빨고 빨리며, 깨물고 깨물리며, 조르고 졸리며……

"질투가 나……"

"저 포도나무 뿌리에 불을 지르고 싶어."

*

하나 더, 하나만 더, 딱 하나만 더…… 스스로에게 허락을 구하면서 포도나무 뿌리에 못을 박던 그.

하나만 더……

*

작업실 현관에 구두를 벗어두고 서너 발짝이나 내디뎠을까. 형광등 스위치를 켜려는데 뾰족한 게 발바닥 오목

한 곳을 찔러왔다. 중간 굵기의 못이었다.

못을 빼내자 피가 울컥울컥, 참았던 울음과 함께 토해졌다.

수건을 찾아 발에 둘둘 두르고 피가 멎기를 기다리는 동안 나는 못을 손에 꼭 움켜쥐고 있었다.

내 발바닥을 찔러온 못, 그 못은 포도나무 뿌리에 박혀 있다.

포도나무 뿌리에 그가 박아넣은 못의 개수는 모두 예순 아홉 개였다.

*

못박힘 의식을 무사히 통과한 포도나무 뿌리는 패널에 단단히 고정되어 있었다. 가로 이십 세로 십 미터에 달하는 패널은 작업실 한쪽 벽을 거의 다 차지하며 걸려 있었다.

포도나무 뿌리가 나를 덮쳐올 것만 같아서였다. 기지개를 켜듯 패널에서 일어나, 예순아홉 개의 못을 탄식처럼 토하며…… 그래서 나도 모르게 뒷걸음질쳤다.

결뿌리들은 일제히 오후 네시 방향으로 흐르고 있었다. 못을 박으며 그는 뿌리들이 한 방향으로 흐르도록 했다. 그 바람에 포도나무 뿌리가 짓고 있는 표정은 기이하게 일그러져 있었다.

그것은 더이상 고모할머니의 환생한 손이 아니었다.

"포도나무 뿌리를 전시하려고 해."

정희 선배가 최근 오픈한 갤러리와 9인전을 기획했는데 그에게도 연락을 해왔다고 했다.

"저 포도나무 뿌리가 당신을 삼켜버릴 것 같아."

"당신 인생을……"

*

핏빛이 감돌고 반지르르 윤기가 흐르는데다, 곁뿌리들이 귀뚜라미의 잘린 다리를 떠올리게 해서일까. 감태나무 뿌리는 습하고 응달진 땅속에 사는 한 마리 벌레였다.

그는 두 발을 감태나무 뿌리로 향하고 잠들어 있었다. 발가락들이 실뿌리에 덮여 있어서, 감태나무 뿌리가 그의 발에서 자라난 것 같은 착시를 일으켰다.

나는 가위를 찾아 들고 감태나무 뿌리에 다가갔다. 그 앞에 바투 앉아, 더듬이처럼 미세한 떨림 속에 있는 실뿌리에 대고 가위의 두 날을 벌렸다.

잠에서 깨어났을 때, 그의 발 주변에는 잘린 실뿌리들이 어지럽게 널려 있었다. 어리둥절하고 방심한 표정이 어려 있던 그의 얼굴이 한순간 일그러졌다. 핏발 선 눈동자가 흔들렸다.

여전히 가위가 들린 내 손이 떨리고 있었다.

"무슨 짓을 한 거야?"

"벌레가 당신을 집어삼키려고 했어……"

"저 벌레가……"

내 충동적인 가위질에 잘려나간 감태나무 뿌리가 짓고

있었던 표정을 나는 보지 못했다. 그것은 내게 징그럽고 소름 끼치는 벌레였고, 벌레는 표정이 아니라 인상으로 각인되는 존재니까.

*

나는 미궁에 빠진 실종 사건을 추적하는 심정으로 가장 안쪽에 있는 뿌리를 찾아 손을 더듬거린다.

그 사내는 내 꿈에도 다녀갔다. 생면부지이지만 우비를 입고 내 꿈속에 나타나 우두커니 서 있던 사내가 그 사내라는 걸 나는 알 수 있었다.

고도古都에 대한 환상이 있었던 걸까. 대학교를 졸업하고 일 년 남짓 경주에 내려가 있었어. 할머니 혼자 사시는 집 방 한 칸을 얻어 지냈는데 그때 우연히 매화나무 분 뜨는 과정을 구경했어.

종일 부슬비가 내린 날이었어. 마루에서 주인 할머니가 끓여준 국수를 먹으면서 사내가 매화나무 분 뜨는 걸 지켜보았지.

젖은 흙냄새, 사골 국물에 끓인 국수 냄새, 콩 삶는 냄새가 떠오르는군. 골목에 청국장을 만들어 파는 집이 있어서 콩 삶는 냄새가 풍겨오고는 했어.

쑥색 우비를 입고 장화를 신은 사내였어. 등이 구부정히 굽고.

돌담 밑 화단의 젖은 흙에 삽을 푹 무심한 듯 힘있게 꽂던 소리가 귓가에 생생해.

혹시 날이 무뎌진 식칼을 숫돌에 가는 소리를 들은 적 있어? 그 소리와 비슷하지.

사내는 삽으로 흙을 퍼 고랑을 냈어. 매화나무 밑동을 중심으로 둥글게.

우비에 달린 모자를 뒤집어쓰고 있어서 사내의 얼굴을 자세히 볼 수 없었어. 마당에는 산딸나무도 있었는데 하얀 꽃으로 수북이 뒤덮여 있었어. 방수 코팅을 한 종이로 만들어 비에 젖지도, 짓무르지도, 시들지도 않을 것 같은 하얀 꽃으로……

주인 할머니가 마루 한끝에 고양이처럼 웅숭그리고 앉더니 혼잣말을 하듯 그러시더군. 울산 사는 큰딸 집에

보낼 거라고. 변호사인 큰사위가 다녀갈 때마다 탐을 내서 더는 모르는 척할 수가 없다고.

젖은 흙냄새가 달았어. 벌레들이 우글거리고, 온갖 사체가 썩고 있는 흙냄새가 달다는 걸 그때 알았어.

흙이 먹고 싶었어. 죽어서야 맛볼 수 있는 그 맛이 궁금했어.

흙냄새를 맡고 있으려니 참을 수 없이 잠이 쏟아졌어. 눈꺼풀이 자꾸만 감겼어. 나는 잠들었고 깨어났을 때 사내도, 매화나무도, 주인 할머니도 어디로 가버리고 집에 나 혼자 있었어.

나는 마루에서 내려갔어. 화단으로 가 매화나무 뿌리가 심겼던 자리를 내려다보았어. 지름이 육십 센티미터 정도 되는 둥그스름한 구덩이가 파여 있었어. 구덩이 주변에 사내의 큼직한 발자국이 어지럽게 찍혀 있었어.

나는 구덩이 속에 내 두 발을 담갔어.

어릴 때 빈 화분 속에 두 발을 담갔을 때와는 느낌이 달랐어.

내 발가락들에서 이빨이 뾰족뾰족 돋아나 흙을 깨물어먹는 소리가 구덩이에서 들려왔어. 흙속에 살고 있는

개미를, 쥐며느리를, 땅강아지를, 지렁이를……,

그 이듬해 경주를 다시 찾았다가 주인 할머니로부터 그 사내가 죽었다는 소식을 전해들었어. 간암 말기였다더군.

할머니에게 매화나무 소식도 물었지. 땅이 안 맞았는지 큰딸 집에서 말라죽었다고 하더군.

요즘 그가 부쩍 꿈에 자주 보여. 늘 그렇듯 젖어 반질거리는 쑥색 우비를 입고 나타나.

그가 절대적인 존재처럼 느껴져. 내가 도무지 당해낼 수 없는 존재 말이야. 오래전에 죽은 그가 왜 이렇게 두려울까.

우비 입은 사내가 내 꿈에 나타나던 날 밤, 내가 햇수로 십이 년을 다닌 여행사는 불경기를 극복하지 못하고 문을 닫았다. 일흔이 넘은 여행사 대표는 서울 생활을 정리하고 전남 화순으로 내려가 새로운 삶을 살 거라고 했다. 그의 고향이 경북 김천인 걸 알고 있던 나는 뜻밖이어서 그에게 물었다.

"화순이요?"

“생각해보니까 자식들도 다 키우고 서울에서 계속 살 이유가 없지 뭐야. 한적한 지방에 내려가 살자는 말에 내내 시큰둥하던 아내가 화순은 어떠냐고 넌지시 물어오더군. 십 년도 더 전에 여고 동창들과 여수 쪽에 여행 가는 길에 잠깐 둘러보았는데 포근하니 느낌이 좋았다면서 말이야. 그래서 당장 아내하고 여행 삼아 차를 몰고 화순에 내려갔다 마음에 드는 농가를 만났지 뭐야…… 서울 생활에 지쳤어. 내가 스무 살 되던 해 서울에 올라왔으니까 서울에서 오십 년 넘게 살았어. 별로 살고 싶지 않은 곳에서 그만큼 살았으면 되었어. 하루도 더는 살고 싶지 않아.”

“두렵지는 않으세요?”

상추씨 하나 심어보지 않은 그의 귀농이 무모하게 생각돼 나는 그렇게 묻지 않을 수 없었다.

“아무래도 낯선 땅으로 가는 거니까 두렵지. 언제 암 같은 병이 올지도 모르고 말이야. 매매 계약서에 도장 찍기 전에 아내하고 농가에 딸린 밭을 밟고 서 있어보았어. 이십 분쯤 햇볕을 맞으며 서 있었는데 몸이 근질근질하니, 굳었던 피가 녹아 순환하는 것 같은 게 소생하는 기분이 들더군.”

그날, 나는 평소처럼 퇴근해 지하철을 타고 집으로 갔다. 조금 늦은 저녁을 먹고 목욕탕 청소를 도와주었다. 나보다 역사가 오래된 목욕탕은 찜질 시설을 갖춘 대형 목욕탕의 위세에 밀려 나이든 단골들이나 찾았다. 부모님은 일하는 사람 하나 쓰지 않고 바지런히 몸을 놀려 목욕탕을 근근이 유지해나가고 있었다.

물이 빠진 텅 빈 탕 속에 두 발을 담그고 서서 나는 무심결에 중얼거렸다. 내가 왜 여기에 있지……

*

경복궁역 근처 오래된 한옥을 개조해 만든 갤러리였다.

전시 마지막날에야 나는 갤러리를 찾았다. 포도나무 뿌리 작품이 혐오스러울 만큼 마음에 들지 않았던데다, 이별을 통보하는 두번째 메일을 그에게 보낸 터였다. 혹시 싶었지만 그는 그곳에 없었다.

그의 작품은 부엌을 개조한 곳에 전시되어 있었다. 안으로 발을 들여놓다 말고 나는 마비된 듯 서버렸다.

포도나무 뿌리가 허공에 떠 있었다.(전시회 오프닝을

사흘 앞둔 날까지도 그것은 패널에 거머리처럼 붙어 있었다.) 포도나무 뿌리 그림자가 전시실 천장과 벽, 바닥으로 흘러넘치며 흔들리고 있었다.

〈남귀덕〉

그것이 제목이었다. 전시실 입구 오른편 벽에 이름표처럼 붙어 있던, '남귀덕'이라고 쓴 종이에서 나는 좀처럼 눈길을 거두지 못했다.

마침내 포도나무 뿌리의 흘러넘치는 그림자 속으로 들어서며 나는 깨달았다. 긴긴 밤 고모할머니의 손이 이불을 들추고 들어와 더듬더듬 그러잡던 것, 그것은 내 손이 아니었다. 파헤쳐져 허공에 던져진 자신을 품어줄 흙, 한 줌의 흙이었다.

이제야 알 것 같다. 내가 빤히 응시하던 거울 속 얼굴 위로 겹쳐 떠오르던 얼굴은 다름아닌 고모할머니의 얼굴이었다.

갤러리를 나와 지하철역으로 걸어가는데 고모할머니의

손이 불현듯 그리웠다. 내게 남은 나날 동안 그렇게 간절히 내 손을 잡아줄 손이 또 있을까 싶은 게.

*

커튼으로 새벽빛이 스며든다. 빛 한 점 떠돌지 않던 작업실에 푸르스름한 빛이 번지면서 뿌리의 윤곽이 서서히 드러난다.

뿌리 하나가 지평선처럼 떠오른다. 취광이 감도는 그 곁뿌리 위로 또다른 곁뿌리가 떠오른다.

그 위로 또다른 곁뿌리가……

"당신에게 미처 말하지 못한 것이 있어."

"생의 마지막 순간에 고모할머니가 손에 꼭 그러잡고 있던 게 뭐였는지 알아? 내 손이었어. 그녀가 양로원에서 돌아가시던 날 밤, 그녀의 손이 내 방에 날아들어 이불을 들추고 더듬어오는 걸 나는 다 느끼고 있었어. 내 손을 찾아 더듬더듬 더듬어오는 걸……"

슬픈 어항

우리집 어항 속에는 금붕어가 한 마리 산다. 수초도, 자갈도, 산소 발생기도 없지만 별 불만은 없어 보인다.

언젠가 나는 줄자로 어항을 재보았다. 가로 백육십팔, 세로 육십오, 폭이 육십 센티로, 키가 백오십팔 센티인 내가 들어가 눕기에 적당하다.

십 년 전 어머니는 집 근처 유리 가게에서 어항을 맞추었다. 그 속을 수돗물로 채우고 파란색 소독약을 몇 방울 떨어뜨린 후 동네 수족관 용품점에서 사온 금붕어 한 마리를 띄웠다. 지느러미와 주둥이까지 검던 금붕어는 몇 초간 꼼짝도 않다, 이내 지느러미를 흔들며 물속으로 유유히 미끄러져들어갔다.

"금붕어가 제대로 살려면 산소가 있어야 해요."

어머니는 내 말을 귀담아듣지 않았고, 금붕어는 이틀 만에 배를 내밀며 물위로 둥둥 떠올랐다.

"어머니, 금붕어가 죽었어요."

성모마리아상 앞에 앉아 있던 어머니는 무심한 표정으로 날 바라보았다. 무화과나무 묵주가 감긴 손으로 성호를 긋고 나서야 몸을 일으켰다. 부엌에서 가져온 노란 양은 국자로 금붕어를 뜨며 말했다.

"늙은이가 날 속였구나."

"늙은이요?"

"수족관 주인 말이다. 병든 금붕어를 팔다니……"

"그러게요, 다른 사람도 아니고 어머니를 속이다니 노망이 들었나봐요."

어머니는 조금의 망설임도 없이 좌변기의 고인 물속에 금붕어를 떨어뜨리고 밸브를 내렸다.

그날 오후 어머니는 죽은 금붕어와 똑같이 생긴 금붕어를 사다 어항 속에 넣었다.

잠에서 깨자마자 나는 어항 앞으로 가 앉는다. 유리 너머로 금붕어를 바라본다. 제자리에서 지느러미만 간신히 저어대는 모양이 오늘을 넘기지 못할 것 같다. 그래도 그동안 저 어항을 거쳐간 금붕어들보다 오래 버텼다. 금붕어들 대개는 보름을 넘기지 못했다. 하루 만에 죽은 금붕어도 여럿이었다.

저 금붕어가 몹시 마음에 들지만 몇 번째인지는 모르겠다. 나는 금붕어를 세지 않는다.

나는 물속에 손가락을 넣고 원을 그리며 천천히 젓기 시작한다. 금붕어가 별 반응을 보이지 않아 재미가 없어진 나는 점점 빠르게 젓는다. 소용돌이치는 물살에 금붕어가 어항 구석으로 떠밀려간다. 어느 순간 나는 손가락을 빼고 나직이 소리지른다.

"조용히 하렴! 어머니가 아직 주무시잖니."

*

어항을 사선으로 통과하는 햇빛 사이로 무지개가 뜬다. 구석에 있던 금붕어가 무지개를 향해 안간힘을 다해 헤엄

쳐가더니 그 속에 화석처럼 박힌다.

금붕어가 검은 상복을 벗고 갈아입은 색동옷이 거슬렸던 걸까. 나도 모르게 물속으로 손을 넣고 금붕어를 움켜잡는다. 금붕어가 아무 저항을 않는데도 손에 서서히 힘을 준다.

"먹이를 주어라."

어머니의 낮게 잠긴 목소리가 등뒤에서 들려오지 않았다면 금붕어의 부레와 내장이 내 손가락들 사이로 흘렀을 것이다.

"몇 알이나 줄까요?"

"음, 두 알이면 충분하겠지."

"그럼요, 금붕어는 위가 없으니까요."

어머니가 욕실로 걸어가다 말고 의심이 깃든 눈빛으로 집 구석구석을 살핀다.

"……무슨 냄새냐?"

냄새를 맡느라 그녀의 코 언저리가 우스꽝스럽게 일그러진다.

"냄새요?"

모든 신경을 후각에 집중시켜보지만 특별히 거슬릴 만

한 냄새는 맡아지지 않는다. 지난밤 잠자리에 들기 전에 나는 쓰레기통들을 말끔히 비웠다. 독한 세제를 푼 물로 욕실 하수구와 개수대 통을 닦았다. 그렇다고 어항에서 나는 냄새도 아니다. 나는 닷새마다 어항을 청소하고 물을 새로 갈아준다.

"그러게요, 이게 무슨 냄새일까요?"

나는 몸을 일으켜 부엌으로 간다. 가스레인지 바로 위 환풍기를 튼다. 툴툴툴 환풍기 돌아가는 소리 사이로 욕실 문 닫히는 소리가 들려온다.

나는 다시 어항 앞으로 가, 손바닥에 사료 수십 알을 쏟는다. 녹두 크기의 진갈색 사료는 마른오징어 냄새를 풍긴다. 나는 한 알을 집어 물에 떨어뜨린다. 제자리에서 지느러미만 저어댈 뿐 금붕어는 사료에 관심을 보이지 않는다. 또 한 알을 떨어뜨리지만 마찬가지다.

"뭘 하는 거냐?"

어느 결에 어머니가 나를 내려다보고 있다.

"사료를 쏟았지 뭐예요."

"너는 도대체 제대로 하는 게 한 가지도 없구나."

"그러게요, 나는 왜 이 모양일까요. 어째서 어머니를 하나도 닮지 않은 걸까요.”

나는 우는소리로 중얼거리며 허둥지둥 부엌 개수대로 가 수돗물을 튼다. 뭉개진 사료들이 배수구로 흘러든다.

어머니와 내가 아침을 먹는 동안 어항 속 무지개는 더 선명해진다. 금붕어는 여전히 무지개 속에 박혀 있다.

어머니는 내가 설거지를 마칠 때까지 기다린다. 오래돼 녹슨 바늘 수십 개가 듬성듬성 박힌 것 같은 빗으로 내 머리를 빗긴다. 이 집의 거의 모든 것은 이 빗만큼 오래되었다. 비록 죽어가고 있지만 새것이라고 할 만한 것은 금붕어가 유일하다. 어머니와 나는 수십 년째, 그녀가 초등학교 교사이던 시절에 저축한 돈으로 살아가고 있다. 기운 곳을 또 기운 양말을 신고, 마지막으로 미장원에 간 게 언제인지 모를 만큼 절약하며 살고 있지만 통장 잔고가 아직까지 바닥나지 않은 게 신기하다.

“흰 머리카락이 제법 올라오는구나.”

“내가 언제까지나 어린 여자애일 수는 없으니까요.”

“네가 몇 살이더라?”

“나도 기억이 안 나서 어머니께 물어보려던 참이었어

요."

"그래, 머리를 빗기고 나면 기억이 나겠지."

그녀는 그러나 내게 나이를 알려주지 않고 자신의 방으로 가버린다. 나는 금붕어를 세지 않는 것처럼 나이를 세지 않았고 그만 까맣게 잊어버렸다. 혼자 남겨진 나는 바닥에 어지럽게 떨어진 머리카락을 줍는다.

오전 열시가 조금 넘은 시간, 성장을 한 어머니가 방에서 나온다. 낯빛을 화사하게 하려고 바른 분이 들떠 주름이 부각되는 바람에 그녀의 얼굴은 더 나이들어 보인다.

그녀는 화요일마다 수녀들이 운영하는 복지관에서 자원봉사를 한다. 오전 열한시부터 오후 두시까지 전화선 너머, 익명의 여자들이 털어놓는 고민을 들어준다. 상담사로서 꽤 유능한지 전화상담실을 개설하려는 복지관에서 종종 그녀에게 자문을 구해오기도 한다.

"어디서 바람이 들어오는구나…… 옷을 갈아입는데 바람이 내 머리카락을 쓸고 지나갔다…… 소름 끼치게 지저분한 비둘기가 머리 위로 날아든 것처럼 몹시 기분이 나빴다."

“그렇지만 창문이 다 닫혀 있는걸요.”

“네 눈에는 커튼 자락이 흔들리는 게 안 보이니?”

거실 창 보라색 커튼은 미동조차 없다.

“오늘 아침에 일어나자마자 집의 모든 창문을 닫으셨잖아요.”

“그래, 그랬지.”

“지난밤 잠들기 전에도 닫고, 닫으셨잖아요.”

어머니의 주름진 눈가가 떨린다.

“왜요, 두려우세요?”

“그게 무슨 말이냐?”

“겁에 질리신 것 같아서요.”

“나는 두려울 게 없는 사람이다…… 죄지은 게 없는데 뭐가 두렵겠냐. 세상에 넘쳐나는 혐오스럽고 추악한 것들 때문이지, 그것들이 내 몸에 묻어날까 걱정돼서.”

어머니의 갈색 눈동자가 허공 한곳을 노려본다.

“하여간 공기 속에도 떠돌아다니니까……”

어머니가 갑자기 정색하고 내 얼굴을 쏘아본다. 순간 내 안의 모든 게, 가장 작은 장기인 콩팥까지 쪼그라드는 것 같다.

"입을 왜 벌리고 있는 거냐?"

"……입이요?"

"네 입이 추하게 벌어져 있구나."

어머니는 자홍색 루주를 바른 자신의 입 역시 벌어져 있다는 걸 깨닫지 못한다.

"그러게요…… 입이 왜 벌어져 있을까요."

어머니의 벌어진 입속에 손가락을 집어넣고 싶은 걸 겨우 참고 나는 그렇게 말한다.

입이라는 구멍은 음식을 먹을 때와 꼭 해야 할 말이 있을 때만 벌려야 한다고, 어머니가 수시로 일깨워주는데도 입은 내가 의식하지 못하는 사이에 저절로 벌어진다. 중학교를 졸업할 때까지 나는 그 입으로 손가락을 빨고는 했다. 그 모습을 볼 때마다 어머니는 날 똑바로 앉히고 따귀를 때렸다.

내 입은 다물렸는데 어머니의 입은 여전히 벌어져 있다. 그녀에게 꼭 해야 할 말이 있어서 나는 기껏 다문 입을 다시 벌린다.

"벌어진 입은 정말 추해요."

*

“집에 금붕어가 있어요.”

“금붕어요?”

“금붕어는 어쩌면 내가 떨어뜨린 눈물인지도 몰라요.”

“아, 그래요?”

어머니의 목소리는 높낮이가 없어 기계음 같다.

“금붕어의 눈 색깔은 비밀로 해두지요.”

문득 어머니가 금붕어의 눈 색깔을 모를 거라는 생각이 든다. 어머니는 그저 금붕어가 물위로 배를 내밀며 떠오르면 양은 국자로 건져내 버리고 새 금붕어를 사다 넣을 뿐이다. 어머니가 본의 아니게 단골이 된 수족관 용품점에는 우리집 어항 속 금붕어와 똑같이 생긴 금붕어가 얼마든지 있다.

내 침묵이 너무 길었던 걸까.

“여보세요? 여보세요?”

“금붕어는 이름이 없어요.”

“그래요?”

“오늘 새벽에는 이상한 꿈을 꾸었어요. 어항 옆에서 깜

박 잠이 들었다가요.”

“이상한 꿈이요?”

어머니는 어떤 꿈이었는지 물어오지 않는다.

“호리호리한 남자가 오더니 바지를 엉덩이 아래까지 끌어내리고 날 끌어안았어요. 나는 내 몸이 남자의 마음에 들지 않을까봐 조마조마했어요.”

“그래요?”

“내가 어린 여자애였거든요. 열까지밖에 셀 줄 모를 만큼요.”

“음……”

“오븐 속 달걀처럼 뜨겁게 달아오르던 남자의 얼굴이 한순간 싸늘하게 식었어요. 참, 제가 말했나요?”

“뭘요?”

“금붕어가 죽어가고 있다는 걸요.”

“아니요.”

“슬프지는 않아요. 다들 죽어가고 있으니까요. 내가 전화한 이유는 궁금한 게 있어서예요.”

“뭐가 궁금할까요?”

“물에 불을 지를 수 있을까요?”

"음……"

"금붕어가 불타는 걸 보고 싶어요."

전화를 끊은 지 오 분도 지나지 않아, 나는 미처 하지 못한 말이 있다는 걸 깨닫고는 다시 수화기를 집어든다. 상담실 전화는 그사이 통화중이다. 나는 세 차례 더 통화를 시도하다 어머니 방으로 간다.

전신 거울이 달린 옷장, 화장대, 침대, 성모마리아를 그린 성화 액자, 짙은 녹색 커튼.

나는 녹색 커튼을 지나 옷장으로 걸어간다. 거울에 귀를 바짝 갖다댄다.

똑똑.

"열어줄까?"

"하지만 어머니께 여쭈어봐야 해."

"이 집의 모든 닫혀 있는 건 어머니만 열 수 있으니까."

"서랍도, 창문도, 내 몸도……"

나는 침대로 올라가 눕는다. 이불에 얼굴을 파묻고 그것에 밴 어머니의 체취를 맡는다. 어머니는 내가 맡지 못하는 냄새는 맡으면서 정작 자신의 몸에서 나는 냄새는 맡지 못한다. 안방에 몰래 들어, 상한 우유 냄새 비슷한 이 냄새를 맡을 때마다 나는 야릇한 흥분에 휩싸인다. 베개를 끌어안고 격해지는 신음을 토하던 나는 눈을 부릅뜨고 거울을 노려본다.

"쉿!"

"조용히 하렴."

"죽은 개구리처럼 가만히 있으면 아버지가 오실 거야."

*

"은영아, 은영아!"

어머니 목소리다. 나는 침대에서 벌떡 일어나 거실로 나간다.

"오셨어요."

"네가 왜 그 방에서 나오는 거냐?"

"그게…… 찾을 게 있어서요."

"뭘 말이냐?"

"혹시나 옷장 속에 있나 싶어서요."

"뭐가?"

"그러게요…… 제가 뭘 찾고 있었을까요. 어머니 방에 들 때까지만 해도 분명히 알았었는데 갑자기 전혀 기억이 나지 않지 뭐예요. 그래서 옷장 문을 열려다 말던 참이었어요."

"하여간 너라는 애는……"

"기억은 안 나지만, 저는 중요한 걸 찾고 있었어요."

"오, 그게 대체 뭘까?"

못마땅한 눈빛으로 나를 쏘아보던 어머니의 얼굴에 조

롱기 섞인 미소가 번진다.

"아무튼, 아주 중요한 걸요."

나를 빤히 바라보던 어머니는 한순간 만사가 귀찮다는 표정을 지으며 손을 내젓는다.

"그리 중요한 건 아닐 거다…… 어릴 때 너는 물건을 숨기곤 했어. 번번이 어디에 숨겼는지 잊어버리곤 내게 찾아내라고 떼를 썼지. 네가 보물처럼 꼭꼭 숨긴 것들치고 중요한 건 하나도 없었다. 조개껍데기, 돌멩이, 구슬, 죽은 나방, 나뭇잎, 사과 씨앗……"

"죽은 나방은 끝끝내 찾지 못했어요."

"나는 그걸 찾으려고 온 집안을 뒤졌다."

"어쩌면 날아가버렸는지도 모르겠어요."

"음, 그 생각은 못했구나."

어머니는 건성으로 대꾸하고 소파에 쓰러지듯 기대앉는다.

"오늘도 이상한 전화가 걸려왔지 뭐냐."

"그래요?"

"흉몽을 꾸고 있는 것처럼 영 불쾌하고 뒤숭숭했어."

"장난전화였겠지요."

"그건 아니었다."

"누구였는데요?"

"그거야 나도 알 도리가 없지."

"그냥 끊어버리지 그러셨어요."

"너는 하나마나 한 소리를 하는구나."

고개를 절레절레 흔들던 어머니의 눈길이 어항을 향한다. 금붕어가 죽어가고 있다는 걸 그녀도 모르지 않을 것이다. 하지만 금붕어가 죽고, 내가 그 사실을 알려줄 때까지 그녀는 모르는 척 잠자코 있을 것이다.

"실은 다 알고 계시지요?"

"뭘 말이냐?"

어머니가 졸음에 겨워 늘어지는 목소리로 묻는다.

"어머니가 모르실 리 있겠어요?"

"네가 무슨 말을 하는지 모르겠구나."

"어머니는 다 알고 계시잖아요."

"내가 뭘 다 알고 있을 거라는 거냐?"

"처음부터 끝까지요."

그때 시계의 알람이 울린다.

"건전지를 빼버리라고 하지 않았니?"

"제가 또 깜박했네요."

나는 몸을 일으켜 작은방으로 간다. 책더미들 사이에 놓인 요람 속에서 탁상용 시계가 자지러지듯 울어대고 있다. 나는 시계를 들어 알람 스톱 버튼을 누르고 원래 놓여 있던 곳에 다시 내려놓는다.

*

거실 창으로 비쳐들던 햇빛이 물러가 거실은 어둑하다. 어머니는 낮잠에 들었다. 무지개가 사라진 어항 속 물은 납빛에 가깝다. 나는 차갑지도 뜨겁지도 않은 물 위에 손가락으로 글자를 적어나간다.

잠언은 어항 속에 있다.
나는 잠언을 믿을 준비가 되어 있다.
믿음은 그대로 고통이 된다.

나는 어항 옆에 길게 몸을 누인다. 멍하니 천장을 바라보다 어항을 향해 돌아눕는다. 어항 유리에 어른거리는 내 얼굴을 바라본다. 금붕어는 제자리에서 지느러미만 간신히 젓고 있다. 전체적으로 검은빛에 살짝 잿빛이 도는 지느러미는 가위로 도려내주고 싶을 만큼 무거워 보인다.

내가 어항 속에 들어가 누워 있는 것 같은 착시가 일어난다.

나는 금붕어를 사랑하기로 한다. 아니, 경멸하기로 한다. 아니, 사랑하기로 한다. 아니, 아니……

"금붕어야, 집의 모든 창문은 닫혀 있단다."

금붕어가 주둥이를 벙긋벙긋한다.

"내 어머니는 창문이 열려 있으면 불안해하지. 비둘기가 날아들까봐. 어머니는 세상 모든 새를 무서워한단다, 참새 새끼도……"

내가 고등학교에 다닐 때였다. 몹시 더운 여름날 저녁이었다. 비둘기 한 마리가 거실 창으로 날아들었다. 어머니가 부엌에서 식탁보를 가져와 비둘기 위로 휙 던졌다. 식탁보에 둘둘 말린 비둘기를 끌어안고 자신의 방으로 가더니 옷장 문을 열고 그것을 던져넣었다. 옷장이 흔들릴 만큼 문을 세게 닫았다. 그후로 어머니는 한 번도 옷장 문을 열지 않았고 비둘기는 여태 죽지 않고 살아 있다. 간간이 옷장 속에서 비둘기가 절박하게 날갯짓하는 소리가 들려오곤 하니까. 어머니가 비둘기를 가둔 옷장 속에는 아버지의 외투와 양복들이 걸려 있었다. 비둘기는 그 옷들을 쪼아먹으며 살아가고 있는 게 틀림없다.

내가 아홉 살 되던 해, 아버지는 집을 나갔다. 비둘기를 가두기 전까지 나는 어머니 몰래 옷장에 숨어들곤 했다. 나프탈렌 냄새가 짙게 밴 아버지의 외투 속에 얼굴을 파묻고 있다, 어머니가 비밀스럽게 중얼거리는 소리를 듣기도 했다.

"내 몸에서 끔찍한 게 태어났어. 어쩌겠어, 키워야지…… 때려가면서, 혼내가면서, 죽을 때까지 키워야지……"

집을 나가기 전날 밤 아버지는 내 방으로 왔다. 어둠 속에 얌전히 누워 있던 날 끌어안았다. 나는 깨어 있었지만 잠든 척 눈을 꼭 감고 있었다. 내가 잠들지 않았다는 걸 알면 아버지가 놀라 달아나버릴까봐.

나는 입술을 어항 유리에 갖다댄다.

"금붕어야, 아버지는 날 사랑했어. 어머니는 그것 때문에 상처를 받았지. 나는 그 벌을 받고 있는 거야."

어머니가 모르는 게 있다. 그건 내가 아니었더라도 아버지가 그녀를 사랑하지 않았을 거라는 사실이다. 어머니는 내게 사랑을 빼앗겼다고 믿고 있지만, 그녀에게는 빼앗길 사랑이 없었다.

그 어느 날 밤, 날 끌어안으며 아버지가 속삭였던 것이다.

"……사랑할 수 없는 여자의 몸에서 네가 태어났을 때 나는 너무 고통스러워 네가 죽기를 바랐다. 너는 죽지 않았고, 나는 널 사랑하게 되었다."

나는 간혹 궁금할 때가 있다. 아버지가 어머니와 나, 둘 중 누구에게서 도망친 것인지.

아버지가 집을 나가고 일 년쯤 지난 어느 날이었다. 어머니는 집의 모든 창문을 닫았다. 나를 세워놓고 옷을 벗기기 시작했다. 회색 원피스를, 흰 속옷을, 흰 양말을.

벌거벗은 내 몸을 살피던 그녀가 말했다.

"살빛이 탁해졌어, 때가 타고 더러운 게 묻어서."

그녀는 나를 욕실로 데려갔다.

"들어가라."

내가 욕조에 들어가 웅크리고 앉자 그녀는 수돗물을 틀었다. 욕조에 물이 차오르며 내 몸이 잠겼다. 발, 발목, 종아리, 허벅지, 엉덩이…… 물은 어항 속 물처럼 차갑지도, 뜨겁지도 않았다. 목까지 물에 잠긴 나를 두고 어머니는 욕실을 나갔다. 조금 뒤 암전되듯 전구가 나갔다.

한참이 지나서야 전구에 다시 불이 들어오고, 어머니가 욕실로 들어왔다. 그녀는 날 들어올려 차가운 타일 바닥에 내려놓았다. 체온이 떨어져 격하게 떠는 내 몸을 살피다 절망 어린 목소리로 중얼거렸다.

"더러운 게 물에도 씻기지 않네."

*

나는 마른걸레와 바니시가 든 유리병을 들고 작은방으로 간다. 마른걸레에 바니시를 묻혀 요람을 닦기 시작한다. 사인용 식탁만한 요람은 아버지가 날 위해 손수 짠 것이다.

금세 윤기가 흐르는 요람을 바라보며 나는 미처 몰랐던 걸 깨닫는다. 그것은 아버지는 날 떠났지만 어머니는 떠나지 않았다는 것이다.

어머니는 죽을 때까지 날 떠나지도, 버리지도 않을 것이다. 내게 소원이 있다면 그녀보다 빨리 늙는 것이다. 그래야 그녀보다 먼저 죽을 테니까. 열두 살 때부터 늙기를 바라서, 스무 살이 되었을 때 내 얼굴은 눈 밑이 거무스름하게 짓무르고, 눈가와 입가가 처졌다. 내가 늙는 동안 그녀도 늙어서 그녀보다 늙으려면 아직 멀었다.

나는 요람 속으로 들어가 웅크리고 눕는다. 시계를 가슴에 끌어안는다. 초침이 한 칸 한 칸 이동하는 것이 심장까지 전해진다. 나는 입속에 손가락을 넣고 빨기 시작한다. 아버지는 변함없이 날 사랑하고 있을까. 궁금할 때가 있지만 그것은 내게 중요하지 않다. 어머니가 아닌 날 사랑하는 게 중요하다.

까무룩 잠들었던 나는 손바닥으로 벽을 치는 것 같은 소리에 깨어난다.

나는 허공을 노려보며 작고 비밀스럽게.

"비둘기가 거울을 찢고 나오려고 해!"

*

계단 기울기는 칠십 도쯤 된다. 나는 손으로 벽을 짚어 가며 계단을 내려간다. 금가고 깨진 곳투성이인 계단에 발을 내디딜 때마다 돌에 징을 박는 것 같은 소리가 울린다. 계단을 다 내려가 거리로 발을 내딛는 순간 머리가 핑 돌며 눈앞에서 아지랑이 같은 것이 피어오른다.

형편없이 야위고 늙은 날 흘끔흘끔 쳐다보는 사람들 속으로 나는 느릿느릿 걸어들어간다. 어머니가 교사 시절에 입었던 남색 모직 투피스 차림에 반백인 머리를 길게 땋아내리고, 우울하고 초조한 빛이 역력한 눈빛으로 발밑을 살피며.

식빵을 사려고 들어간 제과점에서 어머니의 옛 동료를 우연히 만난다.

"어머니는 잘 계시니?"

"아마 지금쯤 낮잠에서 깨어나 금붕어와 놀고 계실걸요."

"그러니? 네 어머니를 본 지 오래되었구나. 어느 날 갑자기 학교를 떠나셨지…… 너는 애가 몇이니?"

내가 아무 대답을 않자 그녀가 당혹스러워한다.

"저런, 결혼을 안 했나보구나."

"어머니를 돌볼 자식이 나뿐이라서요."

"세상에나, 네 어머니는 착한 딸을 두었구나."

"나는 죗값을 치르는 것뿐이에요."

"죄? 대체 무슨 죄를 지었는데 그러니?"

"잔인하고 슬픈 죄요."

"어머니를 때리기라도 했니?"

"어머니가 맞을 짓을 해야 때리지요."

나를 물끄러미 바라보던 그녀의 눈가가 떨린다.

"그런데 너…… 표정이 왜 그러니?"

"내 표정이 왜요?"

"네 표정이……"

그녀가 내게서 뒷걸음질친다.

"왜요, 너무 추한가요?"

공사장 앞을 지나다 모닥불 옆에서 바지 지퍼를 내리고 있는 남자와 눈이 마주친다. 장작들이 타들며 피어오르는 불꽃이 남자를 탐하듯 날름거린다. 철근, 시멘트 포대, 나무판자, 연장 등이 남자 주변에 너저분하게 널려 있다. 남자는 지퍼를 마저 내리고 바지를 벗는다. 검은 삼각팬티 아래 땀으로 번들거리는 허벅지가 드러난다. 내가 계속 지켜보자 남자의 얼굴에 재미있어 하는 표정이 어린다. 남자는 윗옷도 벗는다. 내 안에서 욕망이라고 할 만한 것은 일어나지 않는다. 장작들이 무너져내리며 재가 날린다. 남자가 발 근처 배낭에서 청바지를 꺼내 입는다. 남자는 청바지 지퍼를 최대한 천천히 올린다. 부르터 지저분하게 느껴지는 입이 이지러진다. 그사이 모닥불 불꽃은 절반으로 줄어든다. 남자는 배낭에서 윗옷을 꺼내든다. 그제야 남자에게서 시선을 거두고 돌아서는 내 발에 못들이 밟힌다. 나는 못 하나를 주워 치마 주머니 속에 넣는다.

*

식빵, 우유, 삶은 달걀, 식초와 소금에 절인 양배추가 어머니와 내 저녁이다. 우리는 둥근 식탁에 마주앉아 천천히 저녁을 먹는다.

어머니는 잼도, 버터도 바르지 않은 식빵을 손으로 조금씩 떼어 입으로 가져간다.

"기억나세요?"

"뭐가 말이냐?"

"아버지가 벽에 박으려던 못이 아버지의 손가락에 박혔잖아요."

웃음기 하나 없는 어머니의 얼굴이 더 굳는다.

"아버지는 못 끝이 벽이 아니라 자신의 손가락을 향하고 있다는 걸 알고도 못대가리를 망치로 힘껏 내리쳤어요."

"네 아버지 얘기는 하고 싶지 않다."

"피가 아버지의 손가락을 타고 흘렀어요."

어머니가 식빵을 내려놓고 몸을 일으킨다. 식탁 의자가 뒤로 넘어간다. 어항 속 다 죽어가는 금붕어가 그 소리에 놀라 경기하듯 몸뚱이를 떠는 것이 느껴진다.

"아버지는 피가 멈추지 않고 흐르는 자신의 손가락을 구경하듯 바라만 보고 있었어요. 나는 아버지가 피를 너무 많이 흘려 죽을까봐 겁이 났어요. 그래서 아버지의 손가락을 내 입에 넣고 빨기 시작했어요. 아버지는 내가 그러도록 내버려두었고요. 어머니는 저만치 떨어진 곳에서 석고상처럼 서서 아버지와 나를 지켜보았어요. 나는 그런 어머니를 바라보았고요. 입으로는 계속 아버지의 손가락을 빨면서요."

내 말이 다 끝나기도 전에 어머니는 식탁을 떠난다.

"빠는 걸 멈추었을 때 아버지의 손가락이 사라지고 없었어요."

*

잠자리에 들기 전 어머니는 집안을 돌아다니며 창문들을 닫고 또 닫는다.

*

금붕어가 배를 뒤집으며 물위로 떠오른다. 나는 손가락으로 금붕어의 배를 쓰다듬어준다. 슬프지는 않다. 그것은 내가 슬픔을 느끼지 못하기 때문이다. 어머니는 모든 감정이 인간을 나약하고 우스꽝스럽게 만드는 해로운 것

일 뿐이라고 내게 입이 닳도록 말했다.

나는 어항 옆에 나란히 눕는다. 몸을 반듯이 하고 어항 쪽으로 고개만 돌려 금붕어를 바라본다. 내일 어머니는 저 금붕어를 좌변기에 흘려보내고 새 금붕어를 사올 것이다.

꽉 쥐고 있던 손을 펼치자 못이 굴러떨어진다. 나는 못을 다시 움켜쥔다. 공사장에서 주운 못은 녹이 슬어 까끌까끌하다.

나는 두 다리를 벌리고 치마 속으로 손을 집어넣는다. 허벅지 안쪽, 언덕처럼 도톰하게 솟아오른 살을 못 끝으로 살짝 찔러본다. 쓰린 것 말고는 아무 느낌이 없다. 같은 곳을 못 끝으로 긁고 또 긁는다. 내 얼굴이 지을 수 있는 가장 추한 표정을 지으려 애쓰며.

끈적끈적한 게 허벅지를 타고 흐른다. 피다…… 나는 다시 긁기 시작한다. 피는 오금을 적시고 바닥으로 흐른다.

손가락에도 피가 묻어난다. 나는 피 묻은 못을 어항에 떨어뜨리고, 손가락을 물에 헹군다.

물과 금붕어가 전부이던 어항은 못과 약간의 피가 더해져 내가 아는 그 어떤 세계보다 완벽해진다. 그걸 모르는 금붕어는 물위로 배를 더 내민다.

언젠가 나는 저 어항 속에 들어가 몸을 누일 것이다. 그즈음 내 살빛은 지금보다 더 탁해져 저 금붕어처럼 어두울 것이다.

아직 살아 있는 걸까. 금붕어의 입이 벙긋 벌어진다.

"조용히 하렴! 어머니가 잠들었잖니."

*

띠리릭 띠리릭— 알람 소리에 나는 화들짝 놀라며 깨어난다. 내 눈동자가 기민하게 어머니의 방 문을 향한다. 문은 굳게 닫혀 있다. 나는 허둥지둥 작은방으로 간다. 요람에서 시계를 들어 알람 스톱 버튼을 누르려던 손가락을 거두어들인다. 스톱 버튼은 이미 눌려 있다. 띠리릭 띠리릭— 알람 소리는 계속 울린다. 게다가 점점 커진다. 당황한 나는 시계에서 건전지를 빼버린다. 띠리릭 띠리릭 띠리릭— 알람 소리가 멎지 않는다.

나는 시계를 들고 거실로 나가 어항 속에 빠뜨린다. 물도 알람 소리를 멎게 하지는 못한다. 물속에서 들려오는 알람 소리는 장송곡처럼 비통하다.

알람 소리까지 더해져 어항 속 세계는 더없이 완벽해진다.

"금붕어야, 너도 배가 고프니?"

나는 사료 봉지를 집어든다. 입을 벌리고 사료를 털어넣는다. 금붕어의 검은 눈이 그런 나를 지켜본다.

해설

존재 3부작과 이미지-서사

조강석(문학평론가)

1.

김숨은 스타일의 중요성을 체득하고 있는 작가이다. '일본군 위안부' 문제를 다룬 최근의 연작들에서도 그러했거니와 작품활동 초기부터 김숨 소설에서는 해당 작품에서 전개되는 주제의식이나 독자의 사유를 촉발시키는 문제의식이 그 자체로 불거지는 경우가 드물다. 다시 말해 '스타일이 곧 주제'라는, 익숙하나 실체로는 드문 저 금언을 언제나 실증해왔다는 것이다. '문학의 실효성'이 전언의 단면이 아니라 작품 그 자체의 '온몸'으로 어떻게 발성될 수 있는지를 이처럼 지속적으로 예증해내는 것은 그리 쉬운 일이 아니다. 우리는 그 실례를 이번 작품집에서도 여실히 확인할 수 있다.

김숨의 중단편 소설을 묶은 『나는 나무를 만질 수 있을까』는 이미지로 가득한 작품집이다. 즉 이 소설집은 이미지-서사와 서사-이미지가 중심에 놓이는 작품집이라는 것이다. 이 말에는 두 가지 중요한 함의가 담겨 있다. 하나는 작품들이 서사를 이끌어가는 풍부한 이미지들을 품고 있다는 것이며 또하나는 작품집 전체를 놓고 볼 때 이 이미지들 자체가 어떤 큰 서사를 이룬다는 것이다. 차차 설명해보겠지만, 이 두 운동에 의해 이 작품집은 그 자체로 생생하게 숨쉬고 있는 '이미지-나무'가 된다. 작품집의 제목에서 방법적으로 던져진 질문이 작품 자체의 운동에 의해 대답을 구하고 있는 양상은 그 자체로 흥미롭다.

본격적으로 작품을 살펴보기 전에 우선 서사-이미지와 이미지-서사라는 용어가 환기시킬 수 있는 오해를 단속하고 넘어가보자. 이미지와 서사가 양방향으로 길항하는 것은 작품 속 이미지가 작품에 앞서 전제된 상징적 의미와 자동적으로 결합하는 것과는 아무런 관계가 없다. '패러프레이즈의 이단'이라는 명제가 서사에도 적용되지 않을 까닭이 없다. 작품 속 이미지들은 상징의 원심력보다는 서사의 구심력이라는 자장 안에 '원 없이' 머물고 있다. 모든 의미론적 모멘트가 내재적으로 발생하기 때문이다. 간단치 않은 사유를 불러들이는 저 이미지의 운동에 주목해보자.

2.

「나는 나무를 만질 수 있을까」(이하 「나무」)의 사건 전개 양상은 그다지 복잡하지 않다. 플롯 내부를 있는 그대로의 현실로 존중하는 태도로 이 짧은 소설의 이야기를 정리하면 이렇다.

'나'의 엄마는 왼발과 오른발의 불균형으로 인해 "삼박자의 느린 속도"(10쪽)로 걷는다. 엄마의 왼다리는 "뿌리 뽑힌 나무처럼 기우뚱 기울었다."(10쪽) 초등학교에 입학한 오빠는 빠른 속도로 달릴 줄 알았지만 빠른 속도를 무서워하는 엄마와 빠른 발로 다다른 곳에서 잠자리 날개 찢기에 몰두하는 아이들 때문에 결국 빠른 발을 운동화와 함께 버린다. 엄마의 속도에 자신의 속도를 맞추려던 오빠는 어느 날 지붕의 슬레이트를 뜯어내어 자신의 방 천장에 구멍을 낸다. 오빠는 그 구멍 아래 머물며 그곳으로 떨어지기를 소망한다. 구멍이 점점 커지자 아빠는 그 구멍을 막아버린다. 이후 오빠는 집을 나간다. 오빠는 내가 '나무'를 만진 날 집에 돌아온다.

이 소설을 읽는 방법은 두 가지다. 첫째는 위에 정돈된 스토리를 중심으로 소설 속의 여러 가지 이미지들을 일종의 상징으로 읽는 것이다. 다시 말해, 플롯이 아니라 스토리를 추스르고 나머지는 스토리에 복무하는 비유적 의미로 읽는 것이다. 이 경우 이 소설은 다리가 불편한 엄마와 택시 운전을 하는 아빠와의 관계 속에서 성장통을 겪으며 자라는 오빠와 '나'의 이야기로 읽힐 수 있다. 이때 소설에 사용된 여러 이미지들은 어디에나 있기 마련인, 가족 구성원 간의 가치관의 대립, 이상과 현실의 어긋남, 일탈 욕망과 귀환의 소망 같은 '현실' 내용이 다양한 상징을 통해 심리적으로 변주된 것으로 읽힐 수 있다. 우리가 작품에 의존하지 않고도 보통의 경험이나 상식에서 얻을 수 있는 스토리가 중심이 되고 작품 속의 이미지들은 심리적 현실의 보조관념이 된다는 것이다. 롤랑 바르트가 사진을 두고 설명한 바처럼 상식과 교양으로 환원되는 스투디움studium의 영역이 있고 우리의 눈을 찔러오는 푼크툼punctum이 있다. 시나 소설에도 그러한 영역들이 있을 수 있다. 흔히 우리는 기지의 교양과 상식의 영역으로 환원되는 정보를 중심 삼아 나머지 부분들의 의미를 이에 복무하는 부수적 정보로 읽는 경향이 있지만 서사의 결에 따라서 사정은 달라지기 마련이다.

「나무」를 읽는 두번째 방법은 푼크툼이 되는 '서사-이미지'의 논리를 통해 '한정적으로' 읽는 것이다. 이런 방식의 독해에서는 다음과 같은 작품 내적 '한정'이 우선 눈에 띈다.

(1) "빠른 건…… 나무를 버리고 가는 거란다"(12쪽)

(2) "발이 뿌리로 자라면 좋겠어요." "발이 날 아무데로도 데려가지 못하게요."(14쪽)

(3) "오빠, 구멍 속에 발을 담그고 있으면 발이 뿌리로 자랄까?"(25~26쪽)

(4) "저곳으로 떨어지고 싶어." (……) "나는 이미 떨

어지고 있었어." (……) "내가 태어나기 전부터……"(22쪽)

(5) "나무를 만지는데 '나무'를 만지고 싶었어."(28쪽)

이 작품 속에서 엄마의 불편한 왼발은 엄마로 하여금 세상과는 다른 속도를 지니게 하면서 오빠가 자신의 속도를 버리게 하는 계기가 된다. 인용(1)은 속도에 대한 엄마의 생각을, 인용(2)는 '빠른 발'을 버리는 오빠의 마음을, 인용(3)은 이에 대한 '나'의 생각을 단적으로 보여주고 있다. 오빠의 '빠른 발'이 그를 데려간 곳이 아이들이 태연하게 잠자리의 날개를 찢고 있는 곳이라는 일화가 보여주듯 '빠른 발'은 나무와 뿌리로 표상되는 고유한 정돈의 세계로부터 또래의 아이들이 어떠한 죄의식도 없이 조금씩 가담하는 기성의 약속된 세계—곧 우리들 대부분의 태연한 일상—으로 아이들을 '성장'으로 이끄는 기제이다. 사태는 이를 거부하는 것으로부터 본격적인 국면을 맞는다.

엄마의 왼발과 그에 따른 서툰, 고유한 속도가 서사를 이끌어가는 소설 전반부의 중심 이미지라면 후반부의 서사-이미지는 '구멍'이다. 저 '구멍'은 상식과 일상의 태연

함에 편승하는 것에 대한 거부의 산물이며 동시에 자신만의 속도로 생성되는 고유한 세계의 수락과 관계 깊다. 오빠가 자기 방 위의 천장에 구멍을 만들고 그 세계에 몰두하는 것은 '빠른 발'을 버리고 나서이다. 인용(4)와 인용(5) 등을 참조하여 이 구멍을 한정하는 말들로 구멍의 실정적 의미를 구성해보자면, 저 구멍 속 세계란 오빠가 뿌리내리기를 열망하는 곳이며 태어나기 전부터, 이 세계의 논리 이전에 이미 존재하는 세계이다. 또한 이 세계는 감각적으로 표상되는 나무가 아니라 그 바탕으로서의 나무'가 속한 세계이다. 기실, 이런 사실들을 종합하면, 이 구멍은 정확히 하나의 정신분석적 정황을 지시하고 있다.

정신분석적으로 연역하자면 이 구멍은 상징계에 난 구멍이며 우리의 감각과 지성으로는 촉지하거나 설명할 수 없는, 상징적 의미화의 그물로 커버될 수 없으나 거기 그렇게 있으리라고 요청된 실재계로 난 구멍이다. 연역이 목적이 아니므로 이를 다시 서사적 모멘트에 의해 실정적으로 확보한 이미지의 논리로 풀자면, 실물 대신 언어로 지시되고 상식과 합의로 유지되는 세계에 난 구멍이라고 할 수 있다. 대개 이 구멍을 메우는 것은 아버지들의 일이다. 오빠의 가출에는 충분한 이유가 있는 셈이다.

또한 오빠의 귀환에도 충분한 이유가 있다. "내가 '나무'를 만진 날, 오빠는 집에 돌아왔다."(40쪽)

나는 나무를 보러 갔다.

나는 나무를 만졌다.

'나무'를.
(39~40쪽)

이 작품의 서사-이미지는 저 구멍이 매개하는 두 세계의 누빔점이라는 지위에 '시詩'를 밀어넣었다. 이때 시는 약속된 상징적 의미를 전시하는 지혜의 말이 아니라 오감五感으로는 어루만질 수 없는 '바깥'에 대한 불가능한 꿈꾸기와 관계 깊다. 따라서 이렇게 말해볼 수 있겠다. 이 작품은 '바깥'을 독자에게 보여주지는 않지만—누가/무엇이 그것을 할 수 있겠는가?—'바깥'을 독자에게 내밀어놓고 있다.

3.

중편 소설 「뿌리 이야기」에는 이 작품집에 실려 있는 「나는 나무를 만질 수 있을까」의 에피소드와 겹쳐지는 장면이 나온다.

"초등학교 삼학년 여름방학 때였어. 마당 대문 옆에 덩그러니 놓여 있는 화분이 내 눈에 들어왔어. 나는 일기를 쓰다 말고 마루에서 내려가 화분으로 걸어갔어. 속이 꽤나 깊던 갈색 화분이었어. 나는 양말을 벗고 화분 속에 두 발을 집어넣었어. 어머니가 날 보고는 나오라고 애원했지만 나는 계속 그렇게 화분 속에 두 발을 담그고 서 있었어. 내 발이 뿌리로 자랐으면 했어. 내 발이 날 아무데로도 데려가지 못하게."(84~85쪽)

작중 화자인 '나'와 진전 없는 관계를 계속 이어가는 '그'가 회상하는 어릴 적의 한 장면, 즉 우연히 눈에 띈 화분에 두 발을 담그고 두 발이 아무데로도 자신을 데려가지 못하기를, 두 발이 그 자리에 자신을 정박시키는 뿌리가 되기를 소망하는 이 장면은 「나무」에서도 중요하게 제시된 바 있다. 따라서, 이 작품집에 실리기 이전, 즉 작품이 처음 발표된 정황이나 개작을 거치는 과정을 감안하지 않고서도 어쩌면 「뿌리 이야기」를 「나무」의 연작으로 읽을 수 있는 가능성은 충분하다. 물론 여기에도 두 가지 방법이 있다. 「뿌리 이야기」에서, "자폐에 가까운 집중으로 추상의 극단으로 나아가고"(71쪽) 있다가 갤러리와의 전속계약을 앞두고 돌연 '뿌리'를 시각화하는 부정형 미술로 선회한 '그'를 「나무」의 '오빠'로 받아들이면서 두 작품의 연속성을 생각하는 독서가 있을 수 있다. 이것은 개별 작품의 세계를 확장시키며 인물들을 이해하는 데 기여한다. 그러나 등장인물의 동일성 대신 성격과 삶의 동일성을 택하는 방법도 있다. 공통된 이 에피소드가 그 자체로 지시하는바, 욕망을 확장하는 원심적 삶 대신 심연에 닿고자 하는 구심적 삶을 지향하는 의지의 동일성을 확인하는 것만으로도 충분하기 때문이다.

그렇다면 '그'는 무엇 때문에 갤러리와의 전속계약을 앞두고 추상의 극단에서 뿌리라는 오브제 쪽으로 '선회'하게 되었을까? 이 질문에 답하기 위해서 다시 한번 사건의 전말과 전후관계를 정돈하여 얻는 스토리 대신 독자에게 주어지는 순서대로 엮이는 바로서의 플롯에 주목할 필요가 있다. 작중 화자인 '나'에 의하면 '그'는 이 '무모한 선회'에 대해 침묵하며 지인들을 납득시키려 하지 않았다. 실제로 이에 대한 설명은 작품 내에 직접 제시되어 있지 않다. 그러나 우리는 그 대답을 플롯에서 구할 수 있다. 좋은 소설의 플롯은 바로 이런 방식으로 자신의 등에 비치는 은빛을 발산하기 마련이다. '나'는 '그'가 택한 뿌리라는 오브제에 대해 이렇게 말한다; "나는 뿌리라는 오브제가 마음에 들지 않았다. 뿌리의 이미지와 그것이 내포한 상징성이 내게는 식상하기만 했다."(70쪽) 여기에는 플롯과 스타일이 조성하는 묘한 긴장이 있다. 작중인물로서 '나'와 지인들은 뿌리라는 오브제로의 선회를 이해하지 못하지만 독서를 통해 작품의 전모를 파악하는 독자는 그 까닭을 플롯으로부터 구할 수 있기 때문이다. 이와 관련하여 대번 떠오르는 한두 가지 비평적 용어들을 접어두고 바로 다음과 같은 대목들을 눈여겨보는 것이 좋겠다.

(1)

"아, 정체성 말이냐? 내 정체성은 나다."

그 말에 모두의 시선이 그녀에게 쏠렸다.

"사마코, 설마 정체성의 뜻을 모르는 거냐?"

"아아, 정체성 따위 알고 싶지 않아."

뜻을 정말로 모르는 줄 알고 정이 설명하려 들자, 그녀가 맥주잔을 소리나게 내려놓고 벌떡 일어섰다.

"알고 싶지 않다고 했잖아! 정체성? 그건 너무 정치적이고 진지해. 나는 나, 너는 너…… 정체성이 대체 뭔 필요가 있지?"(78쪽)

(2)

"생의 마지막 순간에 고모할머니가 손에 꼭 그러잡고 있던 게 뭐였는지 알아? 내 손이었어. 그녀가 양로원에서 돌아가시던 날 밤, 그녀의 손이 내 방에 날아들어 이불을 들추고 더듬어오는 걸 나는 다 느끼고 있었어. 내 손을 찾아 더듬더듬 더듬어오는 걸……"(108쪽)

인용(1)은 '나'의 동료인 사마코에게 동료 가이드인 '정'이 물은 정체성에 관한 질문에 사마코가 답하는 장면이고 인용(2)는 노년에 홀로되어 '나'의 집에 찾아든 고모할머니와 관련된 것이다. (1)이 회상이라면 (2)는 사후보충적 상상이다. 양자는 뿌리 이미지를 중심으로 정체성과 관계 맺음이라는 테마를 환기시키며 궁극적으로 하나의 질문에 가닿는다.

우선, 사마코의 대답은 당위적으로 구성되는 정체성 대신에 실존적 고유성이 삶의 근본조건이라는 것을 의미한다. 이를 통해 재일교포 출신인 사마코에게 정체성을 묻는 것이 오히려 학습된 상투적 질문임이 드러난다. 뿌리 오브제를 택한 '그'가 직접 답하지 않는 대신 사마코의 일화를 통해 소설이 환기시키는 것은, 뿌리가 근본과 환원과 당위 대신 저마다 '고유한 표정'을 지닌 오브제라는 사실이다.

아마도 뿌리 오브제에 대해 소설이 제시하는 답변은 작품의 마지막 대목인 인용(2)의 사후적 상상 속에서 더 잘 드러난다고 할 수 있을 것이다. 노년에 홀로된 고모할머니가 이불 속에서 자신에게 내밀던 손을 차갑게 뿌리쳤던 기억, 그리고 그 기억이 무의식적으로 마음에 오래 남긴 흉터가 뿌리 오브제를 통해 어루만져지고 있다.

포도나무 뿌리가 고모할머니의 손 같았다. 소름 끼치던 그 손이 포도나무 뿌리로 환생해 함께 실려가는 것만.(86쪽)

같았다는 말은 뿌리 오브제에 대해 플롯이 내미는 답신으로 간주될 수 있다. 따라서 사마코의 일화와 고모할머니의 손은 모두 뿌리 오브제가 회귀가 아니라 운동과 전개라는 의미론적 모멘트를 지니고 있음을 말하고 있다.

뿌리를 넓게도, 그렇다고 깊게도 내리지 못한 나무들은 어떻게 살아남을까.(65쪽)

갤러리를 나와 지하철역으로 걸어가는데 고모할머니의 손이 불현듯 그리웠다. 내게 남은 나날 동안 그렇게 간절히 내 손을 잡아줄 손이 또 있을까 싶은 게.(107~108쪽)

그리고 두 사건은 결국 뿌리 오브제를 경유하여 하나의 질문으로 수렴된다: "내가 왜, 어떻게 여기에 있지?"

4.

「뿌리 이야기」의 오브제인 뿌리가 근원회귀보다는 운동과 상호 교섭이라는 모멘트와 관계 깊은 것이라고, '그'의 의도와 상관없이 플롯 자체가 말하고 있음을 살펴보았다. 그런 의미에서 보자면 「슬픈 어항」은 「뿌리 이야기」의 네거티브필름과 같다고 할 수 있다. 실존의 조건을 역설적으로 보여주고 있기 때문이다.

"오늘 아침에 일어나자마자 집의 모든 창문을 닫으셨잖아요."

"그래, 그랬지."

"지난밤 잠들기 전에도 닫고, 닫으셨잖아요."

(……)

"나는 두려울 게 없는 사람이다…… 죄지은 게 없는데 뭐가 두렵겠냐. 세상에 넘쳐나는 혐오스럽고 추악한 것들 때문이지, 그것들이 내 몸에 묻어날까 걱정돼서."

어머니의 갈색 눈동자가 허공 한곳을 노려본다.

"하여간 공기 속에도 떠돌아다니니까……"

어머니가 갑자기 정색하고 내 얼굴을 쏘아본다. 순간 내

안의 모든 게, 가장 작은 장기인 콩팥까지 쪼그라드는 것 같다.(118쪽)

결벽증에 가까운 어머니와 작중 화자인 '나'는 한집에 살고 있다. 이 집에서 어머니의 역할은 창문을 포함한 외부로의 통로를 모두 차단하는 것이며 '나'는 그렇게 밀폐된 공간에서 차단되는 또하나의 대상일 따름이다. "이 집의 모든 닫혀 있는 건 어머니만 열 수 있으니까"(122쪽)라고 '나'는 말한다. 그것은 작품 내적으로 객관적 사실이겠지만 보다 중요하게는 '나'에게 어머니가 그런 존재로 비쳐진다는 것이다. 관계에는 객관이 없다. 관계는 표상이다. 바로 그렇기 때문에 관계의 만화경인 소설에서 이미지는 그 자체로 관계의 서사를 생산한다.

내가 욕조에 들어가 웅크리고 앉자 그녀는 수돗물을 틀었다. 욕조에 물이 차오르며 내 몸이 잠겼다. 발, 발목, 종아리, 허벅지, 엉덩이…… 물은 어항 속 물처럼 차갑지도, 뜨겁지도 않았다. 목까지 물에 잠긴 나를 두고 어머니는 욕실을 나갔다. 조금 뒤 암전되듯 전구가 나갔다.(……)

"더러운 게 물에도 씻기지 않네."(131쪽)

이와 같은 대목은 이 소설의 주제의식과 중심적 이미지가 어떻게 매개되는지를 단적으로 보여준다. 금붕어가 계속 죽어나가는 어항은 경험 속의 욕조이면서 동시에 '나'의 심적 공간이 된다. 폐쇄되어 정제된 공간에는 면역이 없다. 금붕어가 배를 내밀고 물위로 떠오르는 까닭은 무균질이 곧 무면역이기 때문이다. 아마도 이와 관련하여 이 모녀가 이처럼 물리적으로 그리고 '위생적으로' 닫힌 공간에 스스로를 유폐시킨 까닭을 소설 내부에서 찾자면 집을 나간 아버지와의 관계가 키가 될 것이다. 사랑으로 인한 상처를 엄폐로 다스려보려는 어떤 심리적 기제가 작동했을 것이다. 그러나 여기서는 정신분석의 유혹을 접어두고 '옷장 속에 던져진 비둘기'라는 이미지에 주목해보자. 이미 그것이 계속해서 말을 하고 있기 때문이다. 어머니가 옷장에 던져넣은 비둘기가 의미하는 바는 내재적으로 지시될 수 있다.

"내 어머니는 창문이 열려 있으면 불안해하지. 비둘기

가 날아들까봐."(128쪽)

비둘기는 여태 죽지 않고 살아 있다. 간간이 옷장 속에서 비둘기가 절박하게 날갯짓하는 소리가 들려오곤 하니까. 어머니가 비둘기를 가둔 옷장 속에는 아버지의 외투와 양복들이 걸려 있었다. 비둘기는 그 옷들을 쪼아먹으며 살아가고 있는 게 틀림없다.(129쪽)

바깥으로부터 날아들며, 모든 문을 닫아건 어머니를 불안하게 하는 것, 아버지의 옷들을 쪼아먹으며 아직 옷장 속에서 살아 있는 것이 만족스러운 관계에 대한 소망이 좌절된 이의 트라우마와 관계된다는 사실은 명료해 보인다. 비둘기 이미지가 환기하는 바는 이처럼 서사에 의해 내재적으로 한정된다. 이런 의미론적 계기들을 생각해 볼 때 작품의 마지막 대목에서 '나'가 못으로 제 살을 긁어 흘린 피를—이 작품집에 수록된 세 작품에 공통적으로 나타나는 이미지가 '못' 이미지라는 것 역시 주목할 대목이다. 세계의 유폐와 개방에 양가적으로 관여하고 있기 때문이다—어항에 흘리는 것, 그리고 그 어항 속에 던져진 시계가 계속해서 알람 소리를 내는 것 역시 서사-이미지의 합당한 전개 과정에 속하는 귀결이라고 할 수 있다. 때가 된 것이다. 그 결과 '나'가 소망하는 것이 무엇인지에 대해서는 아래 인용된 대목이 스스로 설명하고 있다. 상처는 청정지대에 유폐된 채 자족적으로 치유될 수 없는 것이다.

"금붕어가 불타는 걸 보고 싶어요."(122쪽)

"비둘기가 거울을 찢고 나오려고 해!"(132쪽)

5.

우리는 지금까지 개별 작품들의 서사-이미지에 대해 살펴보았다. 이를 통해 이 작품집은 일종의 존재 3부작으로 읽히기도 한다. 각각의 서사-이미지들이 세 작품 속에서 상호연관되어 있다는 것을 거듭 확인할 수 있기 때문이다. 그 결과 이 작품집 전체는 일종의 이미지-서사를 구성한다. 바깥에 대한 지향과 내부의 실존적 조건 그리고 양자의 교섭으로서의 삶에 대해…… 그런데 의아

한 것은 다소 무거운 이미지들이 연속되어 있음에도 불구하고 마지막 페이지를 덮으면서 존재력vis existendi, the force of existing, 스피노자이 고양되는 방향으로 몸이 움찔하는 것을 알아챌 수 있다는 것이다. 그것이 김숨 소설의 또하나의 힘이다.

작가의 말

지난 연말과 연초에 첫 소설집에 실린 소설들을 다시 들여다보았다. 원래는 살짝 교정을 볼 계획이었지만, 두 편만(첫 등단작과 두번째 등단작) 책상 위에 남기고 나머지 소설들은 가장 낮은 서랍 속에 넣어두게 되었다. 첫 등단작이자 생애 처음 쓴 소설을 읽는 내내 나는 자신이 소설가가 된 것은 기적이라는 생각과 함께 심한 부끄러움에 사로잡혔다. 만약 내가 심사를 보았다면 본선에도 올리지 않았을 작품을 당선작으로 뽑아주신 선생님들께 뒤늦게 송구스러운 마음이 들었다. 발가벗고 광장에 서 있는 심정이었지만, 자세를 다잡고 등단작을 처음부터 다시 쓰기 시작했다. 살리고 싶어, 살려야지…… 혼잣말을 주문처럼 외며 초고 아닌 초고를 완성하고 났을 때 생애 처음 쓴 소설이 '뿌리 이야기'와 닿아 있다는 걸 깨닫게 되었다. 등단 후 내가 지금껏 쓴, 쓰고 있는 단편과 장편들이 어디에서 왔고, 오고 있는지 가계도 같은 게 그려지는 것 또한 경험했다.

새 소설을 쓰는 각오로 처음부터 다시 썼지만, 그래서 제목부터 새 소설이 되었지만, 벌써 이십이 넌 전인 1997년 여름 밤 소설이란 게 너무나 쓰고 싶어서, 속에서 터져나오는 문장들을 볼펜으로 꾹꾹 눌러쓰던 열망은 그대로 담겼다. 함께 살린 다른 한 편도 마찬가지다.

처음으로 되돌아가 한 발짝, 한 발짝 걸음마부터 다시 익힐 시간을 준 강윤정 편집자께 고마운 마음을 전한다.

2019년 가을

김숨

| 수록 작품 발표 지면 |

나는 나무를 만질 수 있을까 …… 1997년 대전일보 신춘문예 당선작(발표 당시 제목 「느림에 대하여」)

뿌리 이야기 …… 『작가세계』 2014년 여름호

슬픈 어항 …… 1998년 문학동네신인상 수상작(발표 당시 제목 「중세의 시간」)

문학동네 소설집
나는 나무를 만질 수 있을까

1판 1쇄 2019년 10월 30일
1판 2쇄 2019년 12월 19일

지은이 김숨
펴낸이 염현숙
책임편집 강윤정 | 편집 김영수 김봉곤 김필균 | 모니터링 이희연
디자인 김현우 유현아 | 마케팅 정민호 박보람 나해진 최원석 우상욱
홍보 김희숙 김상만 오혜림 지문희 우상희
제작 강신은 김동욱 임현식 | 제작처 상지사

펴낸곳 (주)문학동네
출판등록 1993년 10월 22일 제406-2003-000045호
주소 10881 경기도 파주시 회동길 210
전자우편 editor@munhak.com | 대표전화 031) 955-8888 | 팩스 031) 955-8855
문의전화 031) 955-3576(마케팅) 031) 955-2678(편집)
문학동네카페 http://cafe.naver.com/mhdn | 트위터 @munhakdongne
북클럽문학동네 http://bookclubmunhak.com

ISBN 978-89-546-5844-7 03810

* 이 도서의 국립중앙도서관 출판예정도서목록(CIP)은 서지정보유통지원시스템 홈페이지(http://seoji.nl.go.kr)와 국가자료공동목록시스템(http://www.nl.go.kr/kolisnet)에서 이용하실 수 있습니다.(CIP 제어번호: CIP2019040724)

www.munhak.com